Stripio

Argraffiad cyntaf: Gorffennaf 1994
Hawlfraint: Y Lolfa Cyf., 1994

Cynnyrch cystadleuaeth Y Fedal Ryddiaith
Eisteddfod Genedlaethol De Powys, Llanelwedd 1993

Llun y clawr blaen: Rwth Jên
Llun awdur: Keith Morris, gyda chaniatâd caredig *Golwg*
Golygwyd gan Y Cyngor Llyfrau Cymraeg

Rhif Llyfr Rhyngwladol: 0 86243 318 5

Argraffwyd a chyhoeddwyd yng Nghymru
gan Y Lolfa Cyf., Talybont, Ceredigion SY24 5HE;
ffôn (0970) 832 304, ffacs 832 782.

Stripio

MELERI WYN JAMES

I Catrin

CYNNWYS

YNG NGWE'R PRY' COP

TEIMLAI LLEW yn annifyr cyn gynted ag yr eisteddodd yn y car. Lapiodd moethusrwydd seddau'r *Porsche* o amgylch ei gorff fel petai'n fabi. Ond ni allai ymlacio.

'Mmm,' sïodd Blod wrth ei ochr a chladdu ei hewinedd lliw gwaed yng nghynffon ei wallt. 'Popeth yn iawn, cariad?'

Nodiodd Llew ei ben yn ufudd wrth iddi ymestyn am y belt. Clywodd y metel yn clincian fel cyffiau. Rhy hwyr i ddianc, meddyliodd wrth deimlo chwys cynnes yn pigo ei dalcen.

'Rwyt ti'n berffaith saff nawr.'

Chwarddodd Blod a chicio'i sawdl yn erbyn y sbardun.

Roedd Blod yn dwlu ar ddynion, er mai'n anaml y byddai un yn arbennig yn dal ei sylw. Roedd 'na ormod o bysgod yn y môr iddi'i chyfyngu ei hun i facrell ac ambell eog pan fyddai'n ffansïo rhywbeth sbesial. Hoffai'r rhywogaeth gyfan – pob siâp, lliw a llun. Tedi bêrs boldew, boncyff cwrs a llwynogod seimllyd. Ond weithiau, byddai ei llygaid yn taro ar slywen – dyn y byddai'n rhaid ei fachu'n ddisymwth rhag codi ofn arno. A byddai hwnnw'n mynd â'i bryd yn llwyr – am gyfnod.

Dyn fel'na, meddyliodd Llew, oedd e. Doedd ganddo fawr o feddwl ohono'i hun ac yntau'n hen beth tenau, llipa, heb lawer o dân. Torrai ei wallt brown, cyffredin yn fyr a syrthiai hwnnw'n fflat o gwmpas ei wyneb cyffredin. O dan ei drwyn cwningen smwt 'steddai ei wefus-au a'r rheini mor welw â phetaen nhw heb gael eu cusanu erioed.

Roedd ei fam – neu 'yr atgof' fel roedd e'n ei galw – wedi gadael y nyth deuluol pan oedd Llew yn blentyn bach ac yntau wedi cael ei fagu gan ei lystad. Doedd e ddim wedi ymddiried mewn merched ers hynny. Er ei fod yn ddyn saith ar hugain mlwydd oed, un cariad a gafodd erioed. Ac roedd ei berthynas â Rhian drws nesa' – brenhines y ffrogiau mawr a'r moesau mwy – yn un ddigon diniwed. Roedd Llew yn hen gyfarwydd â merched yn cwympo mewn cariad â phobol eraill a allai e ddim yn ei fyw â deall pam roedd pishyn fel Blod yn ei ffansïo.

Symudai llaw Blod yn llyfn o'r gêr stic i ben-glin Llew a 'nôl. Mwythai'r cnawd ar ei goes â'i bysedd hir a deuai sŵn fel canu grwndi o'i cheg.

'Neis,' meddai Llew oedd heb ddweud gair ers iddyn nhw gychwyn ar eu ffordd i'r gwesty-ger-y-môr.

'Ydy e?' gwenodd Blod yn awgrymog gan ddatgelu rhes o ddannedd perffaith.

'Y car.'

'O – mae 'na dipyn o fynd ynddo fe 'fyd.'

'Aw!' gwaeddodd Llew wrth deimlo ei hewin-edd fel crafangau yn cloddio i'w goes.

Gwasgodd Blod y sbardun a chlywai Llew chwyrnu'r injan fel chwerthin giangster mewn ffilm cyn iddo saethu ei 'sglyfaeth yn gelain.

Edrychodd Llew ar y ddwy goes yn ymestyn yn ddiddiwedd o dan ei sgert gwta, y cyhyrau'n tynhau ac yn ymlacio wrth i'w thraed gyffwrdd a rhyddhau'r pedalau. Roedden nhw'n goesau siapus, meddyliodd, yn llyfn fel pren newydd ei bolisio. Crwydrodd ei lygaid at ei brest a'r croen noeth uwchlaw'r botwm top, rhydd. Gwyddai y dylai chwant lenwi ei gorff fel aer mewn balŵn wrth ei llygadu. Ond pan oedd Llew yng nghwmni Blod ofn a deimlai, nid chwant.

Dyn nid crwt oedd Llew ond gallai Blod wneud iddo deimlo fel plentyn wedi ei ddal yn noeth ar ei ffordd o'r bath. Sylwodd arni'n syllu a daeth awydd arno i guddio'i gorff â'i ddwylo. Dychmygai ei llygaid yn treiddio fel pelydr x trwy ei drowsus.

'Rwy ti'n edrych yn ddel iawn heddi', cariad,'

meddai. Roedd Llew yn casáu'r ffordd roedd hi'n ei alw e'n 'cariad', fel petai hyn yn ei hesgusodi rhag gorfod cofio'i enw iawn. Gwyddai nad ef oedd ei hunig gariad.

'Dwi ddim wedi gweld y crys 'na o'r blaen. Sidan ife?'

Rhedodd ei bysedd yn ysgafn i lawr dros ei frest nes eu bod yn eistedd yn dwt fel cath yn ei gôl.

'Paid,' ymbiliodd Llew.

Symudodd Blod ei llaw yn ufudd.

'Rwyt ti mor sensitif,' chwarddodd.

Roedd ysgrifenyddion Blod yn mynd a dod mor aml â phobol ar risiau symudol, yn ôl pob sôn. Pan ddechreuodd e weithio i'r Cwmni roedd y straeon yn dew fel mêl ac yn amlwg yn felys iawn ar dafodau rhai. Buan y sylwodd giang o'r dynion ieuenga' mai bachgen swil oedd Llew ac nad gwaith anodd oedd gwneud iddo wrido. Cochai hyd at ei glustiau os byddai unrhyw un yn ei bryfocio ac roedd sôn am gariadon neu ryw yn cynyddu ei anniddigrwydd.

Rheolwraig Fusnes oedd Blod ac roedd safle o'r fath bwysigrwydd wedi sicrhau mai hi oedd yr unig un, ar wahân i'r Cyfarwyddwr, oedd â'i 'stafell ei hun. Gweithiai Llew wrth ddesg yng nghanol labrinth o ddesgiau eraill a defnyddiai Blod y ffôn i'w alw i'w swyddfa. Allai'r gweithwyr weld dim o'r hyn a ddigwyddai y tu mewn i'r pedair wal a'r drws hynny. Ffenestri eu dychymyg fyddai'n dyfeisio'r ddrama oddi mewn.

'Wrth gwrs, mae'n amlwg beth mae hi wedi ei wneud â'r lleill,' meddai Gronw un diwrnod i ailgynnau'r straeon am Blod a'i hys-grifenyddion. Ef oedd y pen ceiliog ac roedd Llew yn casáu ei glochdar parhaus.

'Wel, bwyta nhw, yntyfe?'

Dechreuodd un neu ddau chwerthin a chwyrnu fel moch.

'Mae fel pry' cop yn eu denu nhw i mewn i'w gwe ac yna'n eu llyncu nhw'n gyfan.'

Allai Llew ddim chwerthin fel y lleill. Llync-odd ddiferyn o boer oedd yn goglais ei wddf a theimlo ei geg yn sych. Roedd saith ysgrifen-nydd – pob un yn ddyn – wedi llithro trwy fysedd y Rheolwraig Fusnes mewn pum mlynedd. A thrwy ei bysedd yn llythrennol hefyd. Roedd Blod wedi dechrau cyffwrdd yn Llew o'r diwrnod cynta' ac am ei fod e'n rhy ddiymadferth i'w stopio, byddai hi'n ei fwytho, neu'n taro'i ben-ôl yn chwareus, pob gafael.

Ar ôl deufis neu dri daeth y cynnig am damaid o swper mewn gwesty bach gerllaw. Roedd Blod wedi bwyta 'na droeon, meddai hi, ac yn siŵr y byddai pryd da o fwyd yn gwneud byd o les i Llew. Roedd arno ormod o ofn ei gwrthod.

Ond doedden nhw ddim wedi cyrraedd y gwesty na blasu'r bwyd. Roedd Blod wedi stopio'r car rhyw ganllath o gartre' Llew a'i gusanu. Symudai ei dwylo hen gyfarwydd yn gyflym. Pan deimlodd ei llaw y tu mewn i'w drowsus sylweddolodd Llew mai ef oedd yr unig damaid roedd gan Blod ddiddordeb ynddo.

Roedd hi'n gallu bod yn ffeind iawn, wrth gwrs. Doedd hi ddim yn ffroenuchel. Câi Llew, fel pawb arall, ei galw'n 'Blod' fel petai ganddi ddim cyfenw. Heb fawr o deulu, ei gyrfa oedd popeth iddi ac roedd rhai o'r merched eraill yn eiddigeddus o'i llwyddiant. Roedd y dynion, ar y llaw arall, yn llawn edmygedd agored. Roedd hi'n ferch dal, osgeiddig â gwallt hir, melyn. Roedd ganddi wyneb trawiadol, llygaid mawr, tywyll a gwefusau trwchus.

Ond os gallai Blod fod yn ddymunol gallai hefyd fod yn annymunol. Er bod ei geiriau wrth garu bob amser yn dlws, roedd ei mwythau'n aml yn frwnt ac anghelfydd. Doedd Llew ddim wedi bod yn nofio ym maddon y dre' ers tro. Roedd 'na ormod o rychau ar ei gefn i ymdrochi'n gyhoeddus. Byddai ewinedd Blod yn torri ei groen fel papur gan 'sgrifennu ei nwyd mewn inc gwaedlyd.

Roedd hi wedi cnoi ei wddf unwaith, a'i dannedd wedi dal eu gafael yn y cnawd am hydoedd.

'Mmm . . . Blasus,' roedd wedi ei chlywed yn dweud, ar ôl iddo roi'r gorau i sgrechian.

Edrychodd Llew arno'i hun yn y drych bach uwchben ffenest flaen y car. Roedd y croen yn gochbiws a gwyddai y byddai ei ymdrechion i guddio'r briw yn ofer.

'Anifail,' gwaeddodd arni.

'Rhywle pymtheg milltir,' darllenodd Llew yr arwydd ar ochr y ffordd fawr a theimlo'r panic fel chwŷd yn ei dagu. 'Chydig funudau a byddai'r *Porsche* yn eistedd yn ei le arferol y tu allan i'r gwesty-ger-y-môr a Mr a Mrs Smith yn camu i'r dderbynfa i gasglu allweddi'r 'stafell ddwbl.

'Beth am wneud rhywbeth gwahanol am unwaith,' meddai a'i lais yn llawn cryndod.

'Fel beth, tamaid?' gofynnodd Blod a'i llais yn glir a chadarn.

'Cael pryd o fwyd a . . . siarad,' awgrymodd.

'Siarad?'

'Ie.'

'Am beth wyt ti eisie siarad?'

Dychmygai Llew sgrin ei ymennydd yn noeth, heb 'run syniad call arno.

'Mae'n boeth iawn,' meddai a datod botwm top ei grys.

'Mae'r tymheredd yn codi bob munud,' atebodd Blod.

'Dwi ddim yn y mŵd,' meddai Llew yn flinedig wrth i Blod ddechrau llyfu ei frest â'i thafod pinc. Roedd wedi tynnu ei chrys a'i sgert a'i lapio'i hun fel neidr o amgylch ei goes chwith. Yn sydyn, rhewodd. Fel llun camera gorweddai'r ddau fel delwod a thafod Blod wedi sticio i'w groen.

'Rwyt ti'n iwsles ta beth,' meddai hi ar ôl ennyd. Ymsythodd a gafael yn ei chrys oedd yn gorwedd yn bendramwnwgl ar y llawr. 'Rwyt ti mor oer â ffridj – a mae mwy o fywyd yn hwnnw.'

Gorweddai Llew yn llonydd, fel petai e'n cysgu'n braf, er na ddeuai sŵn chwyrnu o'i geg. Cusanodd Blod ei wefusau gwelw a chydio yn ei law oer. Plygodd ei phen a gwasgu ei cheg yn erbyn ei arddwrn nes bod ei dannedd yn crafu'r croen.

'Mmm . . . Blasus,' meddai wrth gnoi'r cnawd meddal. Pan gododd ei phen nesa', roedd ei gwefusau'n goch ac yn diferu o waed.

Y GYFRINACH

DWI DDIM yn wahanol i unrhyw un arall a dweud y gwir. Mae gen i ddwy goes a dwy fraich, mae fflwff yn cronni yn fy motwm bol ac rwy'n dal i gael annwyd yn y gaea'. Ond mae pobol yn syllu arna' i'n od pan fydda' i mewn lle cyhoeddus, neu'n f'anwybyddu'n llwyr. Rwy'n gwybod eu bod nhw'n fy ngweld i'n iawn. Hoffi meddwl fod pobol fel fi ddim yn bod maen nhw. Rhych ydw i ar dir llyfn eu bywydau, smotyn ar eu croen dilychwin. Rwy'n hyll, ond os byddan nhw'n f'anwybyddu i'n ddigon hir maen nhw'n credu y bydda' i'n diflannu.

Peidiwch â 'nghamddeall i nawr. Dwi ddim eisiau tosturi. Mae'n anodd bod yn hunan-dosturiol o gofio mai f'atgof cynta' yw crwt chwe blwydd oed Mrs Richards Plas Afalau yn rhedeg o gwmpas fy nghadair. Dim ond un-waith y gwnaeth e stopio i edrych arna' i hyd yn oed, a'r unig reswm iddo wneud hynny oedd i weiddi:

'Sbastig, sbastig . . . Sandra sbastig.'

Hen air brwnt yw'r gair 'sbastig', bryntach

hyd yn oed na phen-gliniau mab Mrs Richards Plas Afalau, ac roedd y rheini'n gleisiau ac yn glwyfau i gyd.

Ond dwi ddim am feddwl gormod am bethau felly heddiw. Rwy'n eistedd y tu allan i'r siop ar y sgwâr ac mae'n ddiwrnod braf. Dechrau'n ddigon diflas wnaeth y dydd er bod yr adar yn canu'n un rhes hir ar lein sychu dillad Mam. Ond nawr mae'r haul yn wincian yn braf arna' i rhwng dail y coed.

Syniad Mam oedd 'mod i'n cael tipyn o awyr iach. Mae hi'n rhy brysur yn y siop i fy nhendio i bob munud. Ond fydda' i byth yn cwyno. Alla' i weld popeth o'm cwmpas ac mae gen i ddigon o amser i hel meddyliau.

Er 'mod i'n hoffi syllu, dyw'r pentre' ddim fel roedd e flynyddau 'nôl. Mae e llawer yn rhy brysur i ferch swil fel fi. Fe fydda' i'n cochi wrth weld rhywun yn dod, er nad oes llawer o neb yn cymryd sylw ohona' i. Chwarae gêm ddirgel bydd pobol ddieithr, yr un hen gêm bob tro. Paid ti ag edrych arna' i a wna' i ddim edrych arnat ti.

Ofn syllu sydd arnyn nhw, mae'n debyg, a dwi ddim yn gweld bai arnyn nhw chwaith. Sut fyddwn i'n ymateb i lwmp o gnawd mewn cadair olwyn? A dyw hi ddim fel petawn i'n gallu siarad â nhw. Allwn i ddim mynd mor bell â 'bore da' heb sôn am yr annifyrrwch o feddwl beth i'w ddweud nesa' cyn dweud 'mae'n well i mi fynd'.

Dim ond yr hen wragedd sy'n siarad â fi, y rheini sydd wedi fy 'nabod i erioed.

'A sut ma' Sandra heddi' 'te?' gofynna Ceinwen Ffarm Fach gan wenu'n nawddoglyd yr un pryd.

Sandra sbastig, coesau fel lastig.

'Mae'n ddigon braf i eiste' mas no.'

Rwy'n gwenu'n ôl ac mae diferyn o boer yn ymddangos ar fy ngwefusau wrth i mi wneud. Rwy'n ceisio sugno'r poer o'r golwg ond mae'n cwympo ar goler fy nghot. Dwi ddim yn gallu ei sychu i ffwrdd. Rwy'n gwylio'r hen wraig yn mynd. Mae ei basged fach yn siglo ar ei braich ac am ennyd mae ei phen-ôl mawr yn cuddio'r haul. Rwy'n dechrau chwerthin.

*　　*　　*

Mae'r chwerthin yn f'atgoffa. Gwelaf ddwy ffrind yn chwerthin yn iach wrth rannu cyf-rinach. Dwi erioed wedi cael ffrind, ffrind go iawn. Mae Mam yn iawn, sbo. Mae'n siarad digon gyda'r nos wrth dacluso'r tân, neu smwddio'r pentwr diddiwedd o ddillad sy'n llenwi'r fasged olchi. Ond dyw hynny ddim yr un peth, ddim yr un peth â chael rhywun o'r un oedran i rannu cyfrinachau â hi.

*　　*　　*

Dwi ddim yn gallu siarad, er dwi ddim yn gwybod pam chwaith. Mae'r meddyliau'n ffurfio'n iawn yn fy mhen, ac rwy'n gallu'u dychmygu nhw'n teithio i lawr mewn roced i 'ngheg. Ond rywfodd, cyn gynted ag y maen nhw'n cyrraedd fy ngwefusau maen nhw'n gwasgu brêc y roced ac yn gwrthod mynd ymhellach. Dyna pam na chewch chi ddim byd mwy allan ohona' i na gwên neu ambell ddiferyn o boer!

* * *

'Ife fi yw dy ffrind gorau di?'
Nodiais fy mhen. 'Ffrind gorau' – roedd y geiriau'n dawnsio rhwng haenau f'ymennydd fel coesau Sharon Morgan. Daliai yn ei sgert gan godi ychydig ar y godrau i ddangos ei 'sgidiau uchel newydd – anrheg wrth Wncwl Bob, ei llystad. Roedd hi fel fflam wedi ei dal gan awel yn gwibio 'nôl a 'mlaen. Dechreuais innau symud 'nôl a 'mlaen yn fy nghadair. Roedd golwg ddireidus ar ei hwyneb. Roedd hi'n ei dangos ei hun bob cyfle a byth a hefyd yn dangos ei nicers i'r bechgyn – os coeliwch chi storïau fel'na. Dan amgylchiadau gwahanol dwi ddim yn meddwl y byddwn i hyd yn oed wedi hoffi Sharon. Ond dyw pobol fel fi ddim yn gallu dewis ein ffrindiau.
Roedd hi'n gynnes iawn yn y parc. Roedd

Sharon wedi gorfod gwthio'r gadair am filltir, bron. Doedd dim rhyfedd bod ei hwyneb yn smotiau coch a gwyn i gyd. Roedd yr haul yn felyn iawn ac yn fawr iawn ac yn gwenu fel cath yn y gwres. Tynnodd Sharon ei dillad i ffwrdd ac eistedd ar y llawr yn ei dillad isa'.

'Alli di gadw cyfrinach?'

Allai Sharon fyth fod wedi dewis person gwell. Allwn i ddim dweud ei chyfrinach wrth rywun arall hyd yn oed petawn i eisiau. Wnawn i ddim dweud wrth neb . . . dim byth.

* * *

Wnaeth y bartneriaeth honno ddim para'n hir iawn. Chafodd 'run ohonom lawer o gyfle i ddod i 'nabod ein gilydd yn iawn cyn i Sharon ddiflannu un noson yng nghanol Mai. Roedd hi'n olau gyda'r nos erbyn hynny ac felly doedd ei mam a'i llystad ddim wedi poeni'n ormodol tan ar ôl deg o'r gloch.

Doedd Sharon ddim wedi dod gartre' erbyn deg nac un ar ddeg nac unrhyw ddeg neu un ar ddeg arall er i ddynion y pentre' chwilio am dridiau. Ond roedd damweiniau fel hyn yn digwydd, neu o leia' dyna roedd pawb yn ei ddweud pan ddaethon nhw o hyd i'w chorff ar waelod clogwyn Traeth Bach. Ond roedd hi'n rhyfedd hefyd fod merch mor ifanc wedi cerdded mor bell ar ei phen ei hun.

* * *

Rwy'n gwybod pam rwy' fel rydw i. Dywed-
odd Mam y stori wrtha' i unwaith. Dyw hi
ddim yn siarad rhyw lawer am y peth yn fy
nghlyw i fel arfer ond efallai'i bod hi wedi
teimlo, y diwrnod hwnnw, fod angen eglurhad
arna' i. Roedd Mam wedi gadael fy mhram o
flaen siop Jones y bwtsiwr, dim ond am eiliad
meddai hi, digon hir i brynu pownd o selsig a
darn o fîff ar gyfer cinio dydd Sul. Doedd dim
sôn am yr herwgipwyr sy'n dwyn plant heddiw,
bryd hynny, ac felly roedd hi wedi meddwl y
byddwn i'n ddigon saff. Doedd dim disgwyl
iddi wybod y byddai lorri heb frêcs yn dod
rownd y cornel ac yn gollwg hanner tunnell o
lo ar fy mhen.

Niweidiwyd fy nghoesau a'm breichiau yn y
ddamwain a dwi ddim wedi siarad ers hynny.
Sioc yw'r rheswm, medden nhw, er nad ydw i'n
cofio dim am y peth. Ac mae'n rhaid fod y sioc
a gafodd Mam – wrth ddod allan o siop y
bwtsiwr, a phownd o selsig a hanner o fîff yn ei
llaw a 'ngweld i wedi boddi mewn glo – yn
llawer gwaeth.

Doedd dim rhaid i Mam deimlo fod angen
eglurhad arna' i chwaith oherwydd rwy'n lwcus
fy mod i'n fyw, er bod dweud hynny'n siŵr o
synnu rhai. Rwy'n teimlo'n lwcus, dyna'r gwir,
yn fwy lwcus na Sharon Morgan a gwympodd

oddi ar y clogwyn un noson a neb ond y llofrudd yn gwybod bod rhywun wedi ei gwthio. Rwy'n dal yn fyw, a wnaeth Dad erioed gyffwrdd â mi.

TAGU

DOEDD E DDIM wedi bwriadu ei lladd, er mai go brin y byddai unrhyw un yn credu hynny erbyn hyn. Roedd 'na olwg ofnadwy arni, yn ôl y plismon ifanc a fu'n ei holi, er nad oedd e ddim wedi gwrando rhyw lawer arno fe chwaith. Roedd hi'n anodd, a dweud y gwir, i John ganolbwyntio ar fanylion dibwys y llofruddiaeth. Rhywbeth yn y gorffennol oedd hwnnw. Ac roedd 'na lawer o smotiau coch ar wyneb y cwnstabl a atgoffai John o'r llyfrau dotiau roedd ei fam wedi'u prynu iddo un tro pan oedd e'n fachgen bach.

Wedi anghofio'i hun roedd e, 'na i gyd, pan roddodd ei ddwy law o amgylch ei gwddf. Roedd wedi gadael i'w deimladau redeg yn rhemp a thaflu ei synnwyr cyffredin o'r neilltu. Roedd e'n grac pan deimlodd e'r cnawd oer yn galed fel rhisgl coed ac yntau eisiau ychydig o gysur am unwaith. Ac roedd wedi gwasgu ei ddwy law am ei gwddf nes bod ei gruddiau wedi troi'n gochbiws gan liw'r gwaed dan y croen. Wnaeth hi fawr o ymdrech i'w stopio, dim ond edrych arno'n syn fel petai'n methu credu ei fod e am wneud y fath beth.

Roedd ganddo ddwylo mawr hefyd, meddyl-iodd wrth edrych arnyn nhw. Roedd e'n fach-gen cryf a gellid gweld hynny wrth y cyhyrau a neidiai fel seirff rhwng y bloneg. Roedd ei fysedd yn dew a'r croen a fu unwaith yn llyfn wedi cracio'n fyrdd o wythiennau cul ar ôl oriau ac oriau o waith ffarm.

Roedd llawer o bobol yn meddwl mai bach-gen twp oedd e oherwydd ei waith.

'Mae dy 'fennydd di'n llai na 'mennydd un o'r defaid 'na rwyt ti'n eu bugeilio,' meddai Wncwl Jâms wrtho y diwrnod roedd e wedi gwerthu dau oen am lai na phris dafad. Ond roedd John yn hoffi'r gwaith caled. Credai fod angen tipyn o allu yn ogystal â chryfder i eni llo, ac fe hoffai weld un o fois y coler a'r tei yn rhoi cyn-nig arni. Dyna beth fyddai sbort! Oedd, roedd mwy i fywyd ffarm na chario bêls o un pen yr iard i'r llall ta beth oedd yn digwydd ar ffarm 'Emmerdale'.

Ond fyddai e ddim yn dadlau ag Wncwl Jâms, dim ond gadael i'w ateb redeg drwy ei feddwl. Gallai'n hawdd fod wedi anfon rhai o'r bechgyn 'na adre' â mwy o farciau duon nag ar Holstein ond roedd ei fam wedi ei ddysgu i fod yn amyneddgar.

'Tro'r foch arall, John bach,' oedd ei chyngor hi. 'Mae Duw yn caru pawb.'

Allai e ddim bod wedi dadlau ag Wncwl

Jâms. Doedd e ddim yn gyfarwydd â siarad, 'na'r drafferth, ac felly pan fyddai mewn cwmni byddai'n teimlo'n annifyr iawn. Byddai'n mynd yn dwym trosto a phob syniad synhwyrol yn diflannu o'i ben os byddai'n rhaid iddo siarad. Byddai'n siarad â'i fam, wrth gwrs, roedd hynny'n ddigon naturiol, er na fyddai ar ddi-hun cyn iddo ddechrau godro yn y bore. Brecwast am hanner awr wedi wyth wedyn, a'i fam yn gweini arno. Doedd dim llawer ganddi i'w ddweud amser bwyd, dim mwy na 'Golcha dy ddwylo, John' a 'Paid ag anghofio dweud gras'. A doedd e erioed wedi meddwl fod un-rhyw beth o'i le yn hynny.

'Ben' oedd pobol y pentre' yn ei alw, 'fel y cawr arall 'na, Bendigeidfran', medden nhw. Ond John oedd ei enw iawn 'fel yr apostol', meddai ei fam. Roedd hi'n credu bod yr enw Saesneg yn swnio'n fwy pwysig nag Ioan. Dim ond ar ddydd Gwener, diwrnod marchnad, y byddai'n clywed ei enw arall, fel arfer, oher-wydd mai dyna'r unig ddiwrnod y gwelai un-rhyw un o'r pentre'. Doedd e ddim yn hoffi cwmni dynion na merched ac roedd arno dipyn o'u hofn. Fyddai anifeiliaid, ar y llaw arall, byth yn gofyn am ddim gennych, nac yn 'strywo'ch teimladau â geiriau blin. Nhw oedd ei ffrindiau gorau.

Cofiai am un tro, pan oedd wedi anghofio'i adnod yn y capel, iddo guddio yn y beudy.

'Myfi yw bara'r . . .' roedd e wedi dechrau dweud ac yna wedi anghofio. Gwelodd yr olwg ddig ar wyneb y pregethwr a gallai glywed llais ei fam yn ei geryddu am ddwyn y fath gywilydd arni, a hithau yn ei chot newydd nefi bliw a chwbl. Roedd cot y fuwch yn gynnes wrth iddo glosio ati y prynhawn hwnnw, a'r tarth yn codi oddi arni yn yr oerfel. Teimlai ryw gysur wrth eistedd yno.

Allai e ddim gweld bai ar y rhai a welai debygrwydd rhyngddo a Bendigeidfran. Roedd fel y llall yn glorwth o ddyn. Roedd ganddo gyhyrau mawr hefyd a fyddai'n denu gwraig un dydd, meddai ei fam. Ond gwyddai John fod ganddo ormod o floneg i ddenu pishyn pert iawn. Gallai afael mewn dau lond dwrn o fraster uwch ymyl ei drowsus. Synhwyrai nad oedd gan ferched fawr o olwg arno, er bod ei fam yn mynnu ei fod e'n fachgen golygus iawn. Fyddai e ddim yn cymryd llawer o ofal gyda'i ymddangosiad chwaith, er ei fod e'n 'i gadw'i hun yn lân. Roedd ei wallt yn tyfu i bob cyfeir-iad, ac ni allai dŵr na sebon helpu dim. Oher-wydd hynny, doedd e ddim yn cribo'i wallt, dim ond gadael iddo. Edrychai'n union fel yr edrychai'r rhan fwya' o bobol pan fyddan nhw'n codi o'u gwelyau yn y bore.

Byddai'n rhaid iddo aros fan hyn am amser hir, meddyliodd wrth eistedd i lawr unwaith eto yn y gell. Doedd hynny ddim yn ei blesio.

Roedd y gwely'n galed fel y byddai rhywun yn disgwyl oddi wrth bedwar stribed o fetel a matras llwm wedi'i orchuddio â blanced lwyd. Doedd 'na fawr arall yn y stafell dim ond cadair, gwely, sinc a thoiled. Roedd y cyfan yn lân ond bod y seramig wedi ei staenio'n frown gan henaint. Roedd hi'n oer hefyd, yn enwedig pan fyddai dyn yn sefyll ar bwys y ffenest, ac roedd yr olygfa'n ei atgoffa o ryddid y caeau gartre'.

Cyndyn iawn fydden nhw i'w adael e'n rhydd ar ôl iddo ei tharo fel y gwnaeth. Doedd e ddim yn gwybod pam roedd e wedi gafael yn y ganhwyllbren. Doedd e ddim yn berson treisgar fel arfer. Ac roedd e'n gallu gweld ei bod hi wedi marw. Roedd hi'n gorwedd ar y llawr, a'i ffrog flodeuog wedi crychu o dan y ffedog felen.

Sylweddolai fod 'na elfen greulon iawn mewn natur fel roedd ei gyfnither, y llysieuwraig, wedi dweud wrtho unwaith. Ond medrai hollti gwddf mochyn heb adael i wichian yr anifail amharu arno. Roedd rhaid i un farw i adael i un arall fyw, dyna a gredai John. A dyna pam roedd yn rhaid ei lladd hi.

Gorweddai ar lawr y gegin yn bentwr o gnawd ac esgyrn, a dechreuodd John ei tharo. Fe'i tarodd nes fod y chwys yn tywallt i lawr ei grys, un glân y bore hwnnw, a'i tharo drachefn. Roedd yn pwffian fel paffiwr gan yr ymdrech.

Ac wedi iddo orffen camodd 'nôl wedi blino'n llwyr, a syllu arni. Roedd y ddau ohonyn nhw mor llonydd â'i gilydd, fel dwy ddelw mewn amgueddfa. A theimlodd y rhyddhad.

Ond roedd yn ddrwg ganddo ei fod wedi ei lladd. Roedd wedi teimlo poen yn ei galon wrth weld ei choesau tenau, eiddil yn dod i'r golwg dan ei gwisg. Doedd e ddim wedi gweld ei chroen uwch ei phen-gliniau o'r blaen a theim-lai gywilydd. Roedd e wedi mynd ati wedyn a'i chofleidio er na allai e ddim cofio gwneud hynny erioed o'r blaen. Roedd y gwaed wedi mwydo i mewn i'w ddillad er nad oedd e ddim wedi sylwi ar y pryd, a dyna sut roedd yr hedd-lu mor siŵr mai ef oedd yn euog. Dechreuodd feichio wylo. Galwodd arni. Roedd e am glyw-ed ei llais, am glywed cerydd, unrhyw sŵn, ond ddaeth yr un gair o wefusau'i fam.

SBEL FACH

ROEDD TAIR ohonom 'ma ddoe, ond heddiw does dim ond dwy. Ac a dweud y gwir rwy'n eitha' balch. Prin le sydd 'ma i un. Roeddwn yn dyheu'r bore 'ma am y cyfle i ymestyn fy nghorff i'w lawn dwf nes bod fy nghefn yn crymu fel peipen ddŵr wrth i'r llif cynta' lenwi ei gorff plastig. Ond doedd 'na ddim lle yn y bocs i ymestyn – dim ond stribedyn i daro fy nghynffon mewn anniddigrwydd.

Roeddwn i wedi meddwl y symudai hi drws nesa' am bum munud, dim ond i mi gael troi o gwmpas ychydig a golchi fy nhraed i ryw lun ar daclusrwydd. Mae'n gas gen i annibendod o unrhyw fath ac mae'r gwellt anghysurus 'ma'n gadael ei ôl arna' i'n druenus. Ond does dim pwynt ceisio sgwrsio â hi ers bore ddoe er ei bod hi wedi bod yn gwmni gweddol cyn hynny. Roedd hi'n gwybod sut i'w chadw'i hun iddi'i hun, chwarae teg. Does dim byd yn waeth na rhywun sy'n busnesa drwy'r amser.

Erbyn meddwl, mae'r olwg gysglyd 'na arni ers iddi yfed yr hylif a adawyd yn ein basn. Roeddwn i wedi hanner codi i'w rhybuddio hefyd. Roedd hi'n ddigon hawdd clywed oddi wrth y gwynt annymunol a lenwai fy ffroenau nad hufen oedd yn cael ei gynnig. Nid 'mod i wedi ei brofi. Fyddwn i ddim wedi ei gyffwrdd ar ei hôl hi – fues i erioed yn un i rannu llestri bwyd â neb.

Ond efallai na chafodd hi lawer o ddewis chwaith. Roedd y ddynes â'r sbectol gron yn benderfynol o'i gorfodi i yfed ac rwy'n siŵr i mi ei gweld, er fy mod i'n hanner cysgu ar y pryd, yn gwthio'i phen i'w ganol nes i'r hylif dasgu i bob cyfeiriad fel poer ar safn ci wrth iddo siglo'i ben. Yr hen gnawes â hi! Does dim moesau gan rai. Dy'n nhw ddim yn gwybod sut i ofalu am bethau o bwys. Pobol fel hi sy'n rhy barod i hel creaduriaid o'u cartrefi i fyw a marw ar y stryd. Fues i am hydoedd wedyn yn ceisio sychu un smotyn oddi ar fy nghoes chwith gyda chornel y bocs.

Ac roedd ymddygiad y ddynes yn ddigon od i'm tyb i – yn gwthio'r pen ac yn creu'r fath lanast a hithau'n gwisgo'r gŵn gwyn, dilychwin 'na. Mae'n drueni trochi pethau glân. Dyw bod yn frwnt ddim o fudd i unrhyw un. Dyna pam y bydda' i'n 'molchi pob blewyn ar fy nghorff mor aml ag y gallaf.

Ddylwn i ddim achwyn chwaith. Wedi'r cwbl, rwy'n cael digon o fwyd a diod 'ma. Gormod hefyd. Doedd dim tamaid o chwant y trydydd llond plât o fwyd 'na a osodwyd o'm blaen i bore ddoe. Ond bwyteais y cyfan rhag ymddan-gos yn anghwrtais.

Cysgais yn drwm y prynhawn 'ma, ar ôl nos-on syrffedus, ddi-gwsg. Roedd fy mol yn belen dân o gyffro a minnau'n barod i grwydro'r nos am gwmni. Ond ddaeth neb i wrando pan graf-ais odrau'r bocs â'm hewinedd miniog. Caeais fy llygaid, fel rwy' wedi gwneud bob dydd ers tridiau, i osgoi y goleuadau llachar sy'n sgleinio eu tanbeidrwydd melyn, artiffisial i bob twll a chornel. Buan y blinais ar syllu o'm cwmpas ar y byrddau gwyn, clinigol a'r aparatws cymh-leth. A syrffedus wedi ennyd yw gwenu'n her-feiddiol ar y cŵn ym mhen pella'r 'stafell. All y rheini ddim cyffwrdd â mi nawr.

Roedd 'na arogl cryf yn treiddio o'u cyfeiriad trwy dyllau anadlu'r bocs yn gynharach, a hynny ar yr union amser y rhoddwyd clwtyn am geg un terier gwanllyd. Roedd 'na olwg ddigon rhyfedd arno wedi iddyn nhw orffen. Ond 'na ni, rhai felly yw cŵn yntyfe? Poeni dim am lendid personol. Rwy'n gwybod am un a oedd yn ddigon parod i gerdded y strydoedd a phridd wedi glynu wrth sa'm ar ei weflau – sa'm pysgod roedd e wedi'u ffeindio mewn bin sbwriel. Roedd ei got yn gnotiau cwrs fel darn o raff wedi dechrau datod. Ac mae'n amlwg bod llond rhes o'i debyg yn cytuno â mi ynglŷn â dulliau trin gwallt. Gwelais un dyn yn torri sgwâr o flew'r sbaniel rhuddgoch â raser. Trueni ei fod e heb orffen torri hefyd.

Dwi ddim yn siŵr iawn beth rydym yn ei wneud 'ma – dim ond mai rhywbeth dros dro yw'r clydwch a'r lluniaeth. Rhyw wyliau byr, mae'n debyg. Mae'r creaduriaid sydd 'ma'n diflannu wedi 'chydig wythnosau, ac yna daw eraill yn eu lle – mynd a dod fel adar ar fwrdd briwsion – gorffwys ac yna mynd adre'. Ac rwy'n ysu i ennill fy rhyddid eto. Alla' i ddim gwadu nad ydw i'n hoffi ychydig o foethau ond creadures annibynnol ydw i yn y bôn. Rwy'n ddigon cyfarwydd â gofalu amdanaf fy hun ers i'r teulu symud i ffwrdd.

Roedd 'na lawer o drafod ymysg y rhai noethgroen y peth cynta' bore 'ma. Sibrwd y byddan nhw, fel arfer, wrth fynd 'mlaen â'u gwaith. Ond heddiw gallwn eu clywed yn glir.

'Glywsoch chi?'

'Am neithiwr?'

'Ie.'

'Bydd rhaid cynyddu nifer y gwylwyr.'

'Allwch chi ddim gwneud llawer â'u siort nhw.'

'Chi'n iawn. Maen nhw'n hollol benstiff. Dy'n nhw ddim yn deall gwerth gwaith pobol fel ni.'

'Histeria yw'r cyfan . . .'

'Rhyw ddyhead hanner pan i achub dau gi a bwni flewog . . .'

'Dyw creaduriaid ddim yn gallu teimlo a meddwl fel ni.'

* * *

Dyma un o'r dynion mewn gwyn yn dod nawr, fel un o'r doctoriaid 'na roeddwn i'n arfer eu gweld ar y bocs lluniau slawer dydd. Gallaf glywed ergydion ei draed ar y llawr caled, fel sŵn haearn yn taro dur. Mae rhywbeth yn ei law hefyd, ac mae'n ei ddefnyddio i agor y bocs caeedig. Mae'n gafael ynof gerfydd fy mol ac rwy'n poeri arno – does dim pum munud ers i mi lyfu'r blew 'na'n gelfydd i'w lle. Ac eto rwy'n teimlo rhyw foddhad y tu mewn, ac alla' i mo f'atal fy hun rhag canu grwndi. Fy nhro i yw mynd adre' heddiw.

BYD LLONYDD

MAE HI'N cerdded i lawr y stryd ar ei phen ei hun heb aros am neb. Wrth iddi droedio'r palmant mae ambell garreg rydd yn taro ochr ei 'sgidiau du a gadael ei hôl. Mae ei 'sgidiau eisoes wedi eu marcio, yn enwedig yn y cefn lle mae'r deunydd plastig wedi ei lynu wrth y sawdl. Ond dyw hi ddim yn sylwi.

Mae ei meddwl yn crwydro ymhell o'r palmant lle mae tap tap ei 'sgidiau'n seinio'i bodolaeth ar fore Llun ym Mai. Mae hi wedi teithio ymhell o'r tŷ cyngor sy'n un o res ar y stryd lle mae'n byw. Wrth ei hochr saif Robert Redford yn dalpyn sgwâr – yn ddyn i gyd mae'n amlwg wrth ei jîns tyn. Mae ei lygaid glas yn pefrio o dan drwch o wallt melyn, anniben, fel sglein ar lasfor yng ngolau haul haf. Dim bag cynfas, pinc golau sydd am ei hysgwydd a dim hwnnw sy'n taro'i choes noeth yn ysbeidiol, lle mae ei sgert yn gorffen ddwy fodfedd uwchben ei chlun. Nid drws y DSS yw'r drws y mae'n ei agor drwy wthio'i hewinedd hir cochwaed yn erbyn y gwydr.

Yn ei thŷ, rhif 5 Maes yr Erw, ym mhentre' Glasnef mae hi, Catherine Melissa Jones, rhif 5679 ar ei cherdyn dôl, yn byw. A fan'ny mae ei dau fab heddiw. Dy'n nhw ddim yn yr ysgol, er ei bod hi'n ganol tymor, am fod tipyn bach o annwyd ar yr ieuenga'. Mae Miss Jones wedi gadael y ddau yng nghwmni'i gilydd am fod 'na lawer gan Mami i'w wneud y bore hwnnw. Ta beth, maen nhw'n ddigon hen i ofalu amdanyn nhw eu hunain am hanner awr, nawr fod un yn wyth a'r llall yn chwech.

Mae'r un bach yn dynwared ei frawd drwy roi ei law ym mherfedd y bocs bisgedi. Maen nhw'n llowcio nes bod y bocs yn wag. Mae'r ddau'n dechrau ymladd a'u dwylo chwyslyd yn toddi'r siocled ar y fisgien ddijestif. Mae honno'n torri.

Araf iawn yn symud yw dwylo'r cloc ar wal y DSS y bore hwnnw. Ond does dim ots gan Melissa Jones. Mae'n hoffi'r ffordd mae rhai o'r dynion sy'n eistedd yn ei hymyl yn symud eu cadeiriau'n nes ati. Mae'n gwenu ar un ohonyn nhw – dyn tal, croendywyll mewn trowsus gaea' wedi eu torri uwch y pen-glin, fel eu bod nhw'n gweddu i'r haf hefyd – ac yn edmygu ei wallt hir. Mae e'n syllu arni am amser hir, nes i'w wraig ei bwnio yn ei asennau. Mae Melissa Jones yn cael ei hatgoffa'n syth o Mrs Dafis drws nesa'.

'Busnes yn dda dyddiau 'ma, mae'n rhaid Miss Jones. Mae golwg mor dda arnoch chi. Ro'n i'n dweud wrth Mrs Preis echdo' fod rhai pobol yn mynnu gwisgo dillad un seis yn rhy fach iddyn nhw,' meddai honno, un prynhawn, wrth roi'r dillad i sychu ar y lein am yr eildro mewn tridiau.

'Gwell na chuddio pob lwmpyn hyll mewn rhyw babell o ffrog, rwy'n siŵr,' oedd ateb cwta Melissa.

'Sdim pawb yn gallu hala oriau'n pincio yn y bore . . . Ond 'na ni, mae'n rhaid plesio'r *gentlemen callers* sbo,' atebodd yr hen geg.

Cochodd Melissa a chydio yn y dillad. Aeth i'r tŷ a chau'r drws ar y byd y tu allan.

Arhosodd Melissa am drideg munud i gael gwybod nad oedd dim y gallai unrhyw un ei wneud ynglŷn â'r siec Giro goll. Bydd yn rhaid aros, meddai'r ferch dew, fochgoch gan lygadu godrau crys-t tyn Miss Jones, uwch ei bron. Ac mae'n synnu at fychander y defnydd.

Mae arogl ei phersawr mwsg, rhad yn toddi i'r awyr wrth iddi blygu 'mlaen i dderbyn y ddau bapur pumpunt y mae'r ferch yn fodlon eu rhoi iddi o goffrau'r swyddfa. Oes gan hon unrhyw syniad beth yw pris sigarennau hedd-iw? Dyw Miss Jones ddim yn fodlon. Mae hi'n credu bod 'na gynllwyn ar waith ac yn ei phen mae'n dychmygu pa un o'i chymdogion sydd wedi bod yn cega. Dyw hi ddim yn credu fod unrhyw beth o'i le mewn ennill 'chydig o arian ychwanegol. Mae'n cynnig gwasanaeth a dyw hi ddim yn poeni 'run daten am wep sur ambell fenyw sy'n ystyried ei bod hi'n fwy parchus na'i gilydd.

Gyda'r nos daw Mr Ifans, rheolwr y banc sy'n gwrando, i rif 5 Maes yr Erw i gwblhau trafodion y bore. I gefn y tŷ y daw, ac mae'n ofalus wrth droedio'n dawel trwy'r drysni. Mae hi'n gwenu'n fud arno cyn anfon y ddau grwt i'w gwelyau. Mae'r un hyna'n cwyno, wrth iddi roi cusan ar ei foch frycheulyd, fod arno eisiau bwyd. Doedd y frechdan a baratowyd mor frysiog ddim wedi ei ddigoni. Gall hithau wenu arno ef hefyd. Mae'n dawel ei meddwl y bydd 'na damaid yn nes 'mlaen.

Yn ei 'stafell wely, sydd drws nesa' i 'stafell y ddau fach, mae hi'n tynnu amdani ac yn gadael i Mr Ifans, rheolwr y banc, roi ei law am ei bron. Mae ei wyneb yn goch a'i anadl yn cyflymu wrth iddo ymbalfalu am y sip sy'n agor sgert Miss Catherine Melissa Jones. Dim ond wrth iddo deimlo oerni'r gynfas y mae'n cofio am ei wraig.

Mae'n hwyr erbyn hyn a hithau yn ei gwely. Mae'n swatio dan y cynfas ac yn cuddio'i phen i rwystro golau'r lleuad rhag treiddio ati. Yn y tywyllwch gall deimlo'r düwch fel pwysau'n ei gwasgu, ac mae'n llefain.

Dim ond yn achlysurol mae'r haul yn taflu ei belydrau i le fel hwn, ac mae Miss Jones yn gwybod hyn. Mae'n teimlo'r ddaear yn llonydd o dan ei thraed, heb ddim o sigl ei symud naturiol. Mae'n sylweddoli nad yw'r byd yn troi i bawb.

TRIN GWALLT

EDRYCHODD MARI ar ei hwyneb yn y drych o'i blaen. Doedd hi ddim yn ferch falch fel arfer. Ond y funud honno allai hi ddim â bod wedi osgoi edrych arni hi ei hun, hyd yn oed pe dymunai. Yn ei sedd yn y siop drin gwallt fe ddenwyd ei llygaid, fel y denir gwyfyn at olau, gan sglein deniadol y gwydr enfawr. Taflai goleuni artiffisial y 'stafell ei felynder oer i bob twll a chornel gan oleuo ei hwyneb fel llusern.

Crychodd ei thalcen. Doedd hi ddim yn hoffi'r hyn a welai. Teimlai fel sticio ei thafod allan yn bryfoclyd (fel y gwnaethai ganwaith y tu ôl i gefn y bachgen drws nesa' pan oedd hi'n blentyn) i wared â'r brychau a fradychai ei hoedran. Ond wrth feddwl am gyflawni'r fath weithred blentynnaidd, a hithau'n ddynes ddeg ar hugain oed, methodd ag atal y pwl o chwerthin. Denodd sylw sur y cwsmeriaid eraill. Ie, chwerthin, ac am y tro cynta' ers misoedd, atgoffodd ei hun.

Fel arfer byddai Mari Huws yn coluro ei hwyneb cyn mynd i'r siop drin gwallt. Tybiai mai gweithred seicolegol oedd hon. Credai fod y triniwr gwallt yn cymryd mwy o ofal wrth dorri os oedd hi'n cyrraedd y siop yn edrych ar ei gorau. Os byddai'n cyrraedd yn edrych fel drychiolaeth dyn a ŵyr pa olwg fyddai arni'n gadael. Ac os oedd disgwyl i chi eistedd am ddeugain munud yn syllu arnoch eich hun, fel y byddai'n rhaid iddi wneud nawr, yna roedd hi'n well cael gwared ar y bagiau du a'r crychau a gosod lliw lle roedd y croen wedi pylu.

Ond ni chafodd hi'r un cyfle i goluro y bore hwnnw. Unwaith iddi benderfynu ar yr hyn yr oedd hi am ei wneud doedd dim stop arni. Ffoniodd y siop a chael gwybod nad oedd Miss Rees wedi cyrraedd am ei hapwyntiad am un ar ddeg. Teimlodd wawr gynnes yn tonni drosti'n syth. Roedd hi'n mynd i fod yn lwcus heddiw. Roedd hi'n mynd i fod yn gryf.

Gwenodd y ferch ifanc arni pan ddywedodd Mari ei bod eisiau torri ei gwallt, a oedd mor hir a syth ag asgwrn ei chefn, yn fyr. Roedd hi'n amlwg bod cael cyflawni'r fath weithred anturus yn bleser prin. Gwaith hon, meddyliodd Mari, oedd plesio chwaeth hen fenywod nad oeddent wedi cael dim amgenach na set erioed. Roedd y menywod hyn, er gwaetha'r deunydd llipa a dyfai o'u pennau, am ddod o'r siop a'u gwallt mor dwt â phan oedden nhw'n ugain oed.

Pwysodd ei phen 'nôl dros ochr y basn a

gadael i'r dŵr twym o ben y gawod ei goglais a'i lleddfu. Er bod ei gwddf yn dechrau brifo, lle cyffyrddai'r croen ag oerni'r sinc porslen, mwynhâi deimlad y dwylo'n tylino'r hylif gyda'r trochion moethus. Breuddwydiodd.

Fu hi erioed yn un am freuddwydio gwag felly allai hi ddim mo'i thwyllo'i hun fod y misoedd cynta' gydag Alun yn fêl i gyd. Ond rhaid ei bod wedi ei garu neu fyddai hi ddim wedi ei briodi. Bachgen clên, ond diramant, oedd Alun hyd yn oed bryd hynny. Roedd yn ddigon gofalus o'u harian. Gwyddai'n union sut i lenwi ffurflen drethi a pha ddydd y byddai'n rhaid talu'r bil nwy. Ac roedd ei mam a'i thad wedi ei hoffi o'r diwrnod cynta'. Llosgodd y dŵr ei phen a'i dadebru.

Cribodd y ferch ei gwallt gwlyb nes ei fod yn llyfn a phob cwlwm wedi diflannu. Pan oedd yn wlyb fel hyn edrychai'r cudynnau'n dywyll. Ond gwyddai Mari'n iawn mai'r un lliw ag arfer, lliw llygoden, fyddai ei gwallt wedi iddo sychu. Hen liw di-ddim oedd arno. Doedd e ddim yn frown nac yn felyn. Teimlai mai dyna a fu hi am flynyddoedd hefyd, heb fod y naill beth na'r llall, yn union fel ei gwallt.

Gwyddai ei bod, mewn rhyw ffordd, wedi colli golwg arni ei hun dros y blynyddoedd roedd hi wedi bod yn briod ag Alun. Roedd wedi cadw ei gwallt yn hir er ei fwyn e gan anwybyddu'r ffasiynau diweddara'.

'Dylai merch edrych fel merch,' dywedai wrthi.

Gwallt euraid, hir oedd gan ei fam. Cuddiai'r cyfan o'r golwg o dan sgarff blaen. Ond doedd hi ddim yn trio cuddio ei syniadau am sut y dylai gwraig ymddwyn tuag at ei gŵr newydd. Gwyddai nawr i'w syniadau hi ei hun, a oedd mor bwysig iddi fel myfyrwraig, gael eu mogi. O'r dechrau arferai Alun fynd â'r cyfan o'i chyflog athrawes gan dalu 'chydig iddi bob wythnos, fel tad yn rhoi arian poced i'w unig ferch. Hi oedd y trawst a suddai'n is i'r ddaear gan bob cnoc a ddeuai o forthwyl Alun. Ac fe fu hi o fewn dim i ddiflannu'n llwyr.

Torrodd y ferch chwe modfedd o wallt o ochr pen Mari cyn oedi a gwenu,

'Mae'n rhy hwyr nawr i newid eich meddwl.'

Doedd hi ddim am 'ddifaru y tro hwn, beth bynnag a ddywedai Alun. Heddiw, teimlai y gallai wynebu unrhyw beth, hyd yn oed ef.

Doedd hi ddim yn ferch swil chwaith, dim yn ei harddegau beth bynnag. Bryd hynny, gallai ddenu sylw'r bechgyn cystal â neb â'i choesau siapus a'i geiriau ffraeth – yn enwedig yn y cyfnod pan oedd y mini'n ffasiynol. Ond, doedd dim plant gan Mari ac Alun ac roedd y dadlau a'r edliw ynglŷn â hyn wedi sugno'i hegni. Allai hi ddim diodde' y ffordd oer roedd hi'n cael ei thrin ar ôl pob siom, fel pe bai'r bai arni hi. Edliw mud ei fam wedyn, a hithau'n llefain y tu mewn. Oedden nhw mor dwp â meddwl nad oedd hi'n brifo hefyd? Roedd hi'n brifo ac yn dyheu, ac yn wylo gwaed bob mis am fod ei chroth yn wag.

Wrth weld ei gwallt yn prysur ddiflannu meddyliodd eto am ddyddiau'r mini ac am y ferch a allai wisgo'r defnydd tynna', byrra' heb gochi dim.

'Mousse?' gofynnodd y drinwraig cyn dechrau sychu ei gwallt, a nodiodd Mari. Roedd hi am brofi'r moethau modern i gyd. Roedd rhyw ysgafnhad mewn teimlo'r awel yn araf fwytho'r croen a theimlai hi'r un rhyddhad o gael gwared ar ei gwallt. Roedd fel petai rhywun wedi codi'r glustog a fu'n gwasgu arni, yn ei chadw rhag synhwyro, rhag mynegi ei theimladau. Gadawodd i awel y sychwr gwallt chwythu ei holl ofidiau ymhell o'r 'stafell. Ac eto allai hi ddim ag anghofio am ddigwyddiadau'r bore.

Roedd hi wedi bod yn glanhau yn ôl ei harfer ar fore Mercher. Byddai ei hamserlen yr un fath bob tro – dechrau yn y 'stafell fwyta a gweithio'i ffordd i fyny at y 'stafelloedd gwely a'r 'stafell 'molchi. Roedd Alun wedi codi'n gynnar o'i wely a gadael y tŷ heb ddweud gair. Gwyddai'n iawn oddi wrth y siartiau misol roedd Mari wedi'u llunio, fod diwrnod cynta'r mis yn prysur agosáu ac allai e ddim diodde' bod yn agos ati.

Roedd Mari wedi gwthio'r sugnwr llwch gyda'i holl egni. Glanhaodd yn drylwyr: symud-odd y soffa, aeth â cheg y sugnwr llwch i bob cornel a chodi'r cynfas i lanhau wrth odrau'r gwely. Rhaid bod y nodyn wedi syrthio allan o drowsus Alun wrth iddo dynnu amdano. Fe'i darllenodd. Roedd symlrwydd agos ati'r geir-iau'n brifo mwy na'u hystyr:

'Alun,

Yr un amser. Yr un gwesty. Yr un mwynhad?

Carys.'

Gwnaeth Mair y penderfyniad yng nghanol ei dryswch a'r pentwr o gwestiynau a lenwai ei meddwl.

'Plesio?' gofynnodd y ferch wrth ddal drych ychwanegol y tu ôl i'w phen. Trodd Mair ei phen i'w gweld ei hun o bob cyfeiriad. Ac wrth iddi edrych yn y drych gwelai ei hun yn iawn am y tro cynta' ers blynyddoedd.

CYMER A FYNNOT

ROEDD ELIZABETH Protheroe'n ddrwgdybus iawn o bobol iau na hi ei hun. Roedd y rhan fwya', meddyliodd un bore, yn credu bod unrhyw grebwyll oedd gan berson yn diflannu unwaith iddo groesi'r hanner cant.

Roedd hi wrthi'n tacluso'i gwallt wrth y drych, a hwnnw'n edrych yn fwy llwyd a llipa bob dydd yn ei thyb hi. Ond pam yn y byd roedd pobol, yn enwedig pobol ifainc, yn mynnu ei thrin fel petai ei henaint yn gyfystyr â thwpdra? Roedden nhw fel petaen nhw'n credu bod rhywun wedi dwyn ei hymennydd, tra oedd hi'n cysgu un prynhawn, a'i roi yn y peiriant golchi ar raglen uchel nes bod y tamaid dŵr a sebon wedi cael gwared ar oes o wybodaeth.

Byddai'n ddeg a thrigain ar ei phen blwydd nesa' a gwyddai'n iawn sut deimlad oedd cael wyrion yn taeru bod eu gwaith cartre' mathemateg yn rhwydd yn hytrach na gorfod egluro iddi'r gwahaniaeth rhwng gwersi cymhwysol a phur. Roedden nhw siŵr o fod yn credu mai un o'r bandiau rap newydd 'ma oedd wedi dyfeisio matrics. Gwthiodd ei gwallt brith yn ôl a cheisio gosod y cwbl mewn clip du trwchus cyn i'w bysedd wanhau ac i ddeddfau disgyrchiant beri i'w gwallt gwympo'n un twmpath oddi ar ei phen.

Gwenodd yn ddireidus ar ei hadlewyrchiad. Roedd Elizabeth Protheroe'n un o'r bobol hynny a allai dderbyn bywyd fel ag yr oedd. Doed a ddêl, fyddai ei gwên ddim yn pylu'n hir. Yr un oedd ei hagwedd tuag at henaint – doedd e'n poeni dim arni. A dweud y gwir roedd yna lai o bethau i boeni yn eu cylch pan ddeuai person i'w hoedran hi. Roedd ganddi gartre' clyd – roedd y morgais wedi ei dalu ers blynyddoedd – ac er nad oedd hi'n gyfoethog roedd Derec wedi gadael pensiwn sylweddol ar ei ôl. Ac roedd hi'n falch nad oedd yn rhaid iddi feddwl am broblemau caru bellach, nac am blant oedd eisiau mynd i'w rêf cynta' cyn eu bod nhw wedi sefyll eu harholiadau TGAU.

Doedd hi ddim yn ei thwyllo'i hun nad oedd hi'n edrych yn hŷn. Gwisgai ei gwallt mewn siâp bynnen a gwyddai ei bod, yng ngolwg llawer o drigolion y pentre', yn ffitio delwedd yr hen wreigen Gymreig. Doedd hi ddim yn ei thwyllo'i hun ynglŷn â'i hiechyd chwaith. Doedd hi ddim yn codi o'r gwely â'r un sbonc y dyddiau 'ma. Yn wir, rhyw lusgo ei dwy goes dros yr erchwyn a wnâi ar y gorau. Ac roedd hi'n fwy stiff fyth yn y gaea', wrth gwrs. Gallai'r gwynegon yn ei phen-gliniau broffwydo tywydd garw cystal â'r bobol broffesiynol 'na ar y teledu a enillai arian mawr am eu bwnglera. Ond roedd 'na sglein yn ei llygaid, ta beth am y crychau o'u hamgylch, a ddangosai i bawb nad oedd hi'n barod am Ynys Afallon eto.

Roedd hi am fynd i'r siop y bore hwnnw yn ôl ei harfer, cyn gynted ag y byddai wedi gosod popeth yn barod, er y byddai'r tŷ'n wag am hanner awr dda. Byddai'n mynd bob dydd i gasglu'r papur a doedd hi ddim am i'r holl sôn am y lladrata yn yr ardal ei hatal.

Dyna oedd y siarad mawr yn y pentre' ers wythnosau ac ar y dechrau roedd 'na nifer o ddamcaniaethau. Roedd hi'n bosib mai plant ifainc o'r ardal oedd y lladron. Heb waith nac arian buan iawn y diflannai unrhyw obeithion oedd ganddyn nhw am y dyfodol a deuent i gredu mai'r unig ffordd i gael pethau iddyn nhw eu hunain oedd trwy ddwyn eiddo pobol eraill.

Ond gan nad oedd neb wedi cael ei ddal hyd yn hyn, er bod nifer o bobol wahanol wedi gweld y pâr ifanc, anniben yr olwg, credid mai pobol o'r tu allan a ddaethai o'r dre i ddwyn o bentre' cefn gwlad oedden nhw. Ond hyd yn oed wedyn credai Elizabeth Protheroe ei bod hi'n rhyfedd iawn nad oedd yr heddlu wedi llwyddo i ddal unrhyw un. A chan fod cymaint o amser wedi mynd heibio heb unrhyw lwyddiant roedd hi'n annhebygol y byddai'r drwgweithredwyr yn cael eu dal bellach.

Gwyddai am lawer o bobol yr un oed â hi oedd ag ofn mynd allan ymhellach na'r ardd. Byddai'r bobol 'ma'n ei hatgoffa o'r defaid hynny a borai'n hamddenol – gallech feddwl wrth basio yn y car – y tu allan i'r lladd-dy yn y dre'. Ond roedd Elizabeth yn gallach na hynny hefyd. Gwyddai'n iawn y gallai anifeiliaid synhwyro'r perygl. Roedd gwynt y gwaed a ddeuai o'r adeilad drws nesa' iddynt yn ddigon i godi cyfog ar unrhyw un. Ond doedd dim yn waeth na gwynt yr ofn.

Roedd hi'n hoffi'r ymarfer a gâi wrth gerdded, byddai'n rhaid iddi gyfaddef hynny. A chan ei bod hi'n clywed cymaint am bwysigrwydd cadw'n heini roedd hi'n eiddgar i gadw'i chyhyrau'n weddol ystwyth. Pan oedd hi yn yr ysgol perthynai i dîm hoci, ac roedd yr ymarfer a gawsai bryd hynny'n anoddach lawer na'r hyn a gredai rhai o'r bois rygbi. Fyddai hi ddim yn teimlo'r un sialens wrth gerdded, na'i chalon yn rasio fel cynt wrth iddi geisio adennill ei hanadl heddiw, ond roedd 'na rywbeth am 'chydig o awyr iach oedd yn ei bywhau.

Allai hi ddim atal y wên rhag goglais ei gwefusau wrth gofio am y tro yr aeth Mrs Evans a hithau i redeg ar hyd yr heolydd cefn, heb feddwl dim am y sgrwb poenus fyddai ar y ddwy drannoeth. Chafodd hi fawr o gydymdeimlad gan Derec. Roedd e'n methu yn ei fyw â deall pam roedd dwy yn eu hoedran hwy wedi dechrau ar y fath ddwli. Doedd e'n cofio dim am y bobol, rhai ohonyn nhw'n hŷn na hi, a redai'r marathon yn Llundain bob blwyddyn.

Hoffai ddarllen hefyd, a byddai'n dethol yn ofalus o'r llyfrgell deithiol a ddeuai i'r tŷ bob wythnos. Fyddai un llyfr yr wythnos ddim yn ddigon, yn aml, os câi flas ar ddarllen. Roedd hi'n bwysig cadw'r meddwl mor effro â'r corff. Dyna pam roedd hi'n prynu papur newydd bob bore. Fyddai Elizabeth Protheroe ddim wedi teimlo'r un fath rywsut petai hi ddim yn gwyb-od beth oedd yn digwydd ym mhen draw'r byd bob dydd.

Roedd ganddi neges arall heddiw hefyd. Roedd ei hŵyres yn priodi mewn pythefnos ac angen carden arni ac roedd 'na ddewis eitha' da o gardiau Cymraeg yn y siop. Doedd hi ddim wedi prynu anrheg eto, chwaith. Roedd popeth gwerth chweil mor ddrud er ei bod hi'n biti hefyd na allai brynu rhywbeth teidi iddyn nhw. Roedd angen cymaint ar bâr ifanc pan oedden nhw'n dechrau ar eu bywyd priodasol.

'Diolch yn fawr i chi, Keith,' meddai wrth y Sarsiant wrth iddo agor drws y siop iddi. Roedd hi'n wir bod y drysau gwydr modern 'na'n anoddach i'w hagor nag agor clicied ar ddrws pren. Doedd hi ddim yn rhy falch i wrthod cwrteisi.

'Popeth yn iawn. Bob amser yn falch i helpu'r gymuned fel 'chi'n gwybod,' meddai'r Sarsiant yn ei lais mwya' cyfoglyd, nawddoglyd. Roedd e'n amlwg wedi pwdu wrth glywed ei enw cynta'. Roedd e'n ddyn pwysig yn ei olwg ei hun ond roedd hi'n ei gofio pan oedd e'n grwt ysgol, ac nid rhyw grwt disglair iawn chwaith.

Roedd Sarsiant Keith Lewis yn enghraifft berffaith o'r hyn y bu Elizabeth Protheroe'n pendroni yn ei gylch y bore hwnnw. Roedd e'n un o'r rheini a edrychai arni ond a welai ddim ond cragen ei chorff heb feddwl fod ganddi enaid. Welai e ddim ond ei haelodau llet-chwith, araf a'i chroen llwyd wedi ei bupuro â chymaint o smotiau brown â banana'n pydru. Meddyliai'n syth am falwod pan fyddai'n dod ar draws rhywun tebyg iddo. Dyna oedd hi i rai, meddyliai'n aml, malwen lonydd ar gornel stryd yn aros i ryw aderyn ddod i'w ddigoni ei hun ar ei chnawd.

Y Sarsiant oedd e yng ngolwg y rhan fwya' o bobol a'r unig blismon a gerddai'r bît – yr unig blismon yn y pentre'. Ond pan oedd rhywun wedi gweld plentyn yn ei glytiau, ei wyneb yn biws gan ymdrech y llefain a llwch sigarét ei fam yn syrthio ar ei ffedog felen a blanced frwnt ei baban bob yn ail, roedd hi'n anodd parchu'r dyn, hyd yn oed os oedd e'n Sarsiant.

Deuai Keith o deulu Cymraeg ond am ryw reswm mynnai ei fam siarad Saesneg â'r meibion. Cafodd addysg Saesneg am fod ei fam yn credu bod hynny'n gyfystyr â gwell addysg. Methai Elizabeth yn ei byw â gweld sut y gallai bod yn hyddysg mewn dwy iaith, a chael dau ddimensiwn ar fywyd yn hytrach nag un, fod yn anfantais. Credai mai hi oedd yn iawn oherwydd gadawodd y ddau'r ysgol yn un ar bymtheg ac er i'r mab arall gael gwaith ar ffarm leol roedd Keith yn rhy ddiog i'r gwaith llafurus a'r oriau hir. Roedd yn gas ganddo drochi ei ddwylo, meddai rhai, a allai e ddim diodde' gweld gwaed. Felly ymunodd â'r hedd-lu mewn cyfnod pan doedd addysg ddim yn bwysig.

'Ry'ch chi'n mentro allan y bore 'ma, Mrs Protheroe.'

Gwyddai hi mai cyfeirio at y tywydd yr oedd. Roedd hi'n fis Hydref unwaith eto a'r gaea' yn dechrau cnoi. Onid oedd hithau'n gwisgo'i sanau trwchus am y tro cynta' ers cyn yr ha'? Ond roedd hi'n dipyn o dderyn o hyd ac allai hi ddim peidio â'i holi gan wybod yn iawn beth fyddai'r ymateb.

'Dy'ch chi ddim wedi dal unrhyw un 'to 'te?'

Edrychodd y Sarsiant arni'n ddiemosiwn, fel petai e ddim wedi ei deall yn iawn. Roedd hi wedi dweud erioed mai bachgen araf oedd e.

'Y lladron, Keith bach, does neb dan gaead 'to 'da chi'r Glas?'

Roedd e'n dal i syllu a hithau'n gwenu. Deallai'r ddau ei gilydd. Gwyddai Elizabeth yn iawn am y si yn y pentre' er na ddywedodd hi'r un gair am hyn.

Digwydd pasio roedd Keith, yn ôl y sôn, pan welodd ŵr ifanc dierth yn dod allan drwy ddrws ffrynt Mrs Brown. Roedd honno mor fyddar â phostyn, druan, ac roedd hi'n annhebygol y byddai wedi clywed bom petai un wedi ffrwydro yn yr ardd ffrynt.

'What are you doing here, young man?' gofynnodd Keith yn ei Saesneg gorau – oedd bron mor fratiog â'i Gymraeg – a chael gwybod mai ffrind i Mrs Brown ydoedd wedi bod am baned gyda'r hen wraig.

'That's very kind of you . . . It's a pity that more youngsters aren't as thoughtful.'

Gallai Mrs Protheroe ei ddychmygu'n siglo 'nôl a 'mlaen ar ei sodlau, ei gorff tew wedi ei orchuddio gan iwnifform las a'r sglein ar ei 'sgidiau bron mor ddisglair â'r sglein ar ei fotymau lliw arian. Roedd Keith Lewis yn credu bod gwneud argraff weladwy yn bwysicach na dim. Awr yn ddiweddarach ffoniodd mab Mrs Brown yr orsaf. Roedd gemau Mrs Brown i gyd wedi diflannu.

Nid dyna'r tro diwetha' y bu'n rhaid i Elizabeth Protheroe ddelio â'r Sarsiant y diwrnod hwnnw. Bron na allai daeru wedyn iddi synhwyro'n syth fod 'na rywbeth o'i le. O dop yr heol gallai weld bod drws y ffrynt yn gilagored, er ei bod hi'n siŵr iddi ei gau, fel yr eglurodd i Keith ar y ffôn ac wrth iddo 'sgrifennu nodiadau. Roedd hi'n ofalus iawn wrth warchod ei chartre'.

Er i Keith chwilio'n ddyfal am dros awr am ddarnau o dystiolaeth ddaeth dim byd i glawr. Roedd ôl ei bysedd hi ar bopeth, meddai ef, hyd yn oed ar y silff fach o lechen lliw gwyrdd lle'r arferai gadw'r chwaraewr fideo. Doedd Elizabeth, petai hi'n onest â'i hun, ddim yn synnu bod fawr o obaith dal y lladron. Wedi'r cwbl, os oedd Sarsiant y pentre' wedi dod wyneb yn wyneb ag un o'r dihirod, ac wedi methu ei ddal, pa obaith oedd 'na?

Yn ddiweddarach, tra oedd Keith Lewis, Snt., yn yr orsaf yn prysur lenwi ffurflen yn ym-wneud â'r lladrata yn ei 'sgrifen fawr roedd Mrs Protheroe wrthi'n llenwi ffurflen 'swiriant. Roedd ei 'sgrifen ef yn fawr ac yn lletchwith, fel ei ddwylo, ac araf iawn y deuai'r gwaith papur i ben. Roedd hi'n 'sgrifennu'n chwim er bod ei bysedd 'chydig yn stiff mor hwyr y prynhawn. Gallai roi'r fideo, un tebyg iawn i'r un oedd wedi cael ei ddwyn, yn anrheg priodas a byddai'n cael fideo newydd sbon i'w thŷ ei hun. Na, meddyliodd Elizabeth wrth iddi fwynhau tamaid a disgled, ddeuai'r heddlu ddim o hyd i'r lladron. Roedd hi'n eitha' saff.

SIRIOL

'GLYWEST TI?'

'Am be'?'

'Y ddamwain, wrth gwrs. Doedd dim byd arall ar y newyddion.'

'O.'

'Jiw, Luned, mae dy feddwl di 'mhell y bore 'ma. Wyt ti'n siŵr dy fod ti 'di dihuno'n iawn?'

Roedd Medi'n llawn ohoni'i hun, fel arfer. Gwyddai Luned bod ei ffrind yn siarad heb stop ar y gorau ond roedd hi'n arbennig o fyr-lymus pan oedd ganddi damaid bach o newyddion.

Eisteddai Medi Richards ar flaen y gadair esmwyth yng nghegin Luned, yn sipian paned. Cuddiai ei hoedran yn well na'r rhelyw, ac er bod ei gwallt tywyll wedi ei dorri yn y steil bòb diweddara' a'i cholur wedi ei osod yn ei le yn ofalus, roedd hi'n edrych yn chwaethus.

Roedd hi'n amlwg i Luned bod ei ffrind yn awyddus am sgwrs go iawn, y math o sgwrs nad yw'n digwydd ond rhwng dwy ferch. Eis-teddai, ond doedd hi ddim wedi ymlacio o gwbl. Roedd y ddwy ohonyn nhw'n 'nabod ei gilydd yn ddigon da i Medi dynnu ei 'sgidiau hyd yn oed a rhoi ei thraed noeth i orffwys ar fwrdd y gegin. Ond os edrychai rhywun yn ddigon gofalus roedd hi'n bosib gweld bod llygaid Medi'n pefrio'n eiddgar. Edrychai ei choesau, oedd wedi eu gorchuddio gan legins gwyrdd, fel coesau broga'n barod i neidio oddi ar glydwch y ddeilen i ganol pwll o glecs.

'Dau blentyn bach, cofia, y ddau ohonyn nhw 'di marw . . .'

Anwybyddodd Medi ymateb tawedog ei ffrind gan wneud ymgais arall i sgwrsio. Teimlai Luned yn annifyr iawn. Roedd hi'n rhyfedd sut y gallai dwy oedd yn gymaint o ffrindiau â nhw gamddeall ei gilydd. Doedd Medi ddim fel petai'n synhwyro ei bod hi'n gyndyn i siarad am y peth.

'Do't ti ddim 'di clywed 'te?'

* * *

Oedd, roedd hi wedi clywed, ac wedi teimlo'r chwys yn mwydo trwy'r craciau bach yn ei chroen, a'r ias fel sioc drydanol yn rhedeg i lawr asgwrn ei chefn.

'*Mae hi'n naw o'r gloch. Dyma'r newyddion gyda Peter Huws . . . ,*' meddai'r llais cyfarwydd ar y radio am naw o'r gloch y bore hwnnw.

'*Diolch, Gareth. Dau blentyn yn cael eu lladd mewn damwain car yng Nghlwyd. Yr heddlu'n*

chwilio am yrrwr Vauxhall Cavalier glas a wel-
wyd yn y cyffiniau . . .'

Roedd hi wedi ceisio bwrw'r newyddion o'i meddwl i ddechrau, trwy gymryd arni fod y peth heb ddigwydd. Dyna fyddai hi'n ei wneud bob tro y digwyddai rhywbeth fel hyn. Roedd damweiniau'n digwydd lawer yn rhy aml – baban yn marw mewn tân yng Ngwynedd, crwt yn boddi yn Nyfed. Ond y bore 'ma roedd hi wedi methu. Roedd y gŵr ar y radio'n mynnu adrodd y manylion i gyd yn ei lais mecanyddol a'i arddull newyddiadurol yn pwysleisio'r prif bwyntiau. A nawr dyma Medi'n rhoi ei bys yn y briw.

'Dim ond chwe blwydd oed oedd yr un lleia' . . . ,' meddai Medi eto pan oedd Luned ar fin anghofio fod ganddi gwmni yn y gegin fach. Roedd hi wedi creu byd hunllefus iddi hi ei hun, wrth feddwl am y drasiedi, ac wedi anghofio am y byd go iawn.

'Piti yntyfe?'

'Ie, mae'n biti mawr,' atebodd.

Roedd Luned wedi rhuthro'n syth o'r gegin i chwilio am Siriol pan glywodd hi'r newyddion. Os oedd dau blentyn wedi cael eu lladd ar am-rantiad roedd hi am wybod fod yr un fach oedd yn eiddo iddi hi'n saff. Roedd hynny'n ymateb digon naturiol i riant. Ond roedd hi'n amlwg fod y ddamwain wedi effeithio arni'n fwy nag arfer. Roedd y manylion yn troi fel top yn ei meddwl fel na allai hi ganolbwyntio ar unrhyw beth. Gallai gydymdeimlo â'r fam. Teimlai drosti.

Ond doedd Siriol ddim yn y lolfa er bod Luned yn siŵr mai'r fan honno roedd hi wedi ei gweld ddiwetha'. Wedi i'r ddwy ohonyn nhw godi, tua hanner awr wedi wyth, roedd hi wedi ei gadael yn y lolfa tra oedd hi'n paratoi tamaid o frecwast. Cofiodd iddi ddweud wrthi am beidio â symud.

Doedd yr un fach ddim yn y gegin, nac wedi cropian i mewn i'r 'stafell o dan y sta'r fel y bachgen drws nesa' slawer dydd. Daeth ofn dros Luned. Teimlai ei choesau'n wan wrth iddi gerdded. Roedd ei phen mor ysgafn â balŵn a thon boeth o ofn yn treiddio trwyddi. Roedd rhaid iddi ddod o hyd i Siriol. Aeth i fyny'r grisiau gan alw ei henw. Doedd dim ateb. Doedd hi ddim yn ei 'stafell ei hun, y 'stafell sbâr na'r 'stafell 'molchi.

Agorodd Luned ddrws y 'stafell wely. Roedd arni ofn edrych. Yno, roedd Siriol yn eistedd yn gartrefol ar y gwely.

'Sut ddest ti i fan hyn, cariad . . . ?'

Gafaelodd Luned yn yr un fach. Roedd golwg drist ar ei hwyneb.

"Sdim ots . . . Rwyt ti'n saff nawr, 'na'r peth pwysig.'

Ond roedd llygaid Siriol yn bŵl. Efallai bod Luned wedi trosglwyddo peth o'i hofn iddi heb feddwl. Roedd hi'n syndod faint roedd plant yn ei ddeall, a dweud y gwir. Doedden nhw ddim bob amser yn deall ystyr geiriau ond roedden nhw'n gallu teimlo anesmwythdra. Fe allen nhw synhwyro pethau oddi wrth ymateb pobol eraill.

Oedd hi'n bosib ei bod hi wedi clywed y newyddion a bod hynny wedi codi ofn arni? Y 'stafell wely oedd y 'stafell gynta' ar ben y grisiau ac roedd cil drws y gegin ar agor pan oedd Luned yn gwrando ar y radio yn gynharach y bore hwnnw.

Gafaelodd ynddi i'w helpu i lawr y grisiau.

'Mae dy gorff di'n oer, cariad. Bydd rhaid i Mam nôl siwmper i ti.'

Aeth Luned i'r cwpwrdd yn y 'stafell 'molchi a dewis siwmper wlân liw hufen. Roedd gwlân yn cadw defaid yn gynnes ta beth. Cydiodd yn Siriol. Byddai'n gynhesach yn y gegin.

Gwenodd Luned am y tro cynta' y bore hwnnw. 'Gwranda arna' i wnei di,' meddai. Roedd hi'n llawn ffws a ffwdan fel rhyw hen fam-gu, a hithau'n ddim ond deugain mlwydd oed. Pan oedd pobol yn ifanc roedden nhw'n addo un peth i'w hunain: fydda' i byth fel Mam a Dad pan fydda' i'n rhiant fy hun. A dyma hi nawr yn swnio'n gywir fel ei mam, yn poeni a oedd dilledyn yn gras ai peidio.

Ond roedd mamau hŷn yn fwy gofalus, yn ôl pob sôn. Os rydych wedi gorfod aros am blen-

tyn ac wedi diodde' sawl siom yna mae'n natur-
iol eich bod am lapio'ch plentyn bach mewn
gwlân cotwm a'i roi mewn drâr yn y dresel
orau a'i dynnu e allan yn unig pan fo ymwel-
wyr yn dod i'r tŷ.

Ac roedd Luned wedi gorfod aros am gyfnod
hir. Roedd hi'n ddeugain oed erbyn hyn a
Siriol yn ifanc iawn. Roedd Ioan a hithau wedi
bod yn trio am blant ers blynyddoedd, wrth
gwrs, er iddi synhwyro nad oedd e mor eiddgar
â hi. Roedd e bron i ddeng mlynedd yn hŷn na
hi a chredai efallai mai hyn oedd y rheswm am
ei ddifaterwch.

Roedd Luned wedi colli dau blentyn ar ôl eu
cario am dri mis. Fel arfer, pan fyddai plentyn
bach yn marw byddai'r pentre' cyfan yn cyd-
ymdeimlo. Roedd 'na ryw gysur mewn cardiau,
mewn geiriau, mewn rhannu'r tristwch, er na
allai'r pethau hyn fyth wella'r clwy' yn iawn.
Ond doedd neb wedi cydymdeimlo â'i cholled
hi. Doedd dim arch fach yn y capel, dim gwas-
anaeth, dim bedd i roi blodyn arno. Doedd
pobol ddim yn credu bod plentyn wedi byw os
nad oedd e wedi byw ar y ddaear. Roedd fel
petai'r babanod heb fodoli.

'Mae rhywbeth fel hyn yn waeth on'd yw
e . . . ,' dechreuodd Medi synfyfyrio eto.

'. . . na marw o gancr hyd yn oed?'

Roedd meddwl ei ffrind yn treiddio'n
ddyfnach i bethau na meddwl Luned. Roedd hi

am fynd heibio haenau'r nionyn at y galon.

'Os ry'ch chi'n gwybod eich bod chi'n mynd i farw, o leia' mae gennych chi amser i baratoi. Beth oedd geiriau diwetha'r fam wrth y ddau fach, 'sgwn i?'

Ond i Luned roedd rhywbeth arswydus yn y rhesymeg hon. Allai hi ddim dychmygu gwaeth ofn na'r ofn o wybod eich bod chi'n mynd i farw, o fewn misoedd neu wythnosau. Bron na allai hi gydymdeimlo â'r carcharorion oedd wedi eu tynghedu i farwolaeth yn America. Pa fath o hunlle' oedd eu horiau diwetha' nhw? Pa fath o arswyd oedden nhw'n ei deimlo wrth gerdded i lawr y coridor am y tro ola'? A fyddai mam yn dewis geni plentyn petai'n gwybod ei bod yn mynd i'w golli mewn damwain? Yr un llygedyn o obaith oedd wedi rhoi'r hwb iddi drio eto ar ôl colli dau blentyn.

'Dwi ddim yn gwybod be' wnawn i heb Siriol ta beth,' atebodd Luned.

Gafaelodd yn llaw Siriol a mwynhau'r meddalwch. Roedd ei chledr yn oer iawn a gwasgodd Luned bob bys i geisio cael y gwaed i redeg trwy'r gwythiennau unwaith eto. Byddai'n rhyfeddu at ba mor berffaith oedd y copi bach o'i llaw ei hun.

Edrychodd Medi ar Luned yn hurt, ac yna ar y ddoli glwt oedd yn eistedd ar y gadair o flaen y tân.

'Dwyt ti ddim yn siarad â'r ddol 'na o hyd?'

Cochodd Luned.

'Bydd rhaid i ti fod yn ofalus . . . ,' meddai Medi'n grac. 'Gallai siarad â thegan d'yrru di'n wallgo'.'

Yr Enwog Edmwndo

'Oes 'na rywun 'ma o'r enw Julie?'

Caeodd Max Rogers ei lygaid er mwyn iddo allu canolbwyntio. Roedd hi'n anodd iawn cyffroi'r ymennydd pan oedd llond lle o bobol, a'u llygaid yn pefrio fel sêr, wedi hoelio eu sylw arnoch. Safai'n hollol lonydd ar sgwâr o lwyfan. O'r fan honno gallai'r gynulleidfa ei weld o'u seddau o amgylch y byrddau crwn yn y clwb nos.

Mentrodd Max agor ei lygaid a chymryd cip cyflym ar y gynulleidfa o'i flaen, er mwyn gweld a oedd 'na unrhyw ymateb. Agorodd ei lygaid, ond dim ond am eiliad. Roedd e wedi derbyn cyngor unwaith oddi wrth ŵr o syrcas deithiol:

'Dyw talent ddim yn ddigon,' meddai hwnnw. 'Rhaid i ti fod yn feistr ar y sioe.'

'Julie . . . neu June . . . neu John . . . ,' petrus-odd. '. . . Neu unrhyw enw'n dechrau â'r llythyren J . . . ,' ychwanegodd yn gyflym.

Daro'r lleisiau. Roedden nhw'n dawel iawn heno hefyd, yn fwy fel sibrydion, a dweud y gwir.

'Siaradwch yn uwch os gallwch chi.'

Cododd ei lais nes ei fod yn gweiddi bron gan edrych i fyny ar y nenfwd wrth siarad, fel petai'n erfyn ar rywbeth anweledig. Dim.

Roedd Max yn dechrau chwysu. Roedd e eisoes wedi galw ar Brenda, Bet a Brychan heb i'r un o'r bobol o'i flaen fwmian yr un sillaf. Roedd e mor siŵr hefyd, er ei bod hi'n bosib i hyd yn oed yr 'Enwog Edmwndo' – roedd e'n swnio'n well na Max Rogers (roedd 'na amheuaeth a fyddai Houdini wedi gwneud y fath enw iddo'i hun petai e wedi cael ei fedyddio'n Max Rogers!) – gamddehongli negeseuon o'r ochr draw o bryd i'w gilydd.

Roedd hi'n bosib nad oedd dim bai o gwbl arno fe chwaith ond ar ryw lygoden ymhlith y dyrfa o'i flaen oedd yn methu magu'r hyder i siarad. Cofiai Max am un sioe arbennig o aflwyddiannus pan oedd wedi clywed llais yn gofyn am Doris. Roedd y ferch a gododd ar ei thraed yn mynnu nad oedd hi'n gwybod unrhyw beth am y clustdlysau aur na'r ddamwain fotobeic. Roedd y gynulleidfa wedi dechrau anesmwytho a rhai wedi dechrau siarad ymysg ei gilydd. Ac roedd nifer o ddynion digon anystywallt – oedd wedi yfed hanner neu ddau'n ormod – wedi dechrau gweiddi arno a'i gyhuddo ef, yr Enwog Edmwndo, o fod yn dwyllwr!

Ond ar ôl y sioe daethai gwraig ato'n honni

bod y ffeithiau hyn yn cyd-fynd â damwain angheuol ei merch. Roedd e wedi teimlo'n grac iawn, pan glywodd hyn, a bu bron iddo daro'r fenyw am fod mor wirion. Roedd e eisiau galw'r gynulleidfa'n ôl, eisiau eu gorfodi i wrando ar stori'r ddynes 'ma, ac egluro'r gamddealltwriaeth. Ond wrth gwrs roedd hi'n rhy hwyr erbyn hynny.

'Ydy'r llythyren J yn canu cloch ym meddwl unrhyw un?'

Doedd dim rhaid i Max fod wedi poeni. Yr eiliad nesa' safodd menyw fach yn y rhes flaen. Roedd golwg nerfus iawn ar ei hwyneb a gallai Max weld oddi wrth y ffordd roedd hi'n dal yn dynn yn ei bag, fod 'na ieir bach yr ha' yn amneidio am eu rhyddid o'r man tywyll yn ei bol.

Arhosodd Max am ennyd cyn ymateb iddi. Roedd hi'n amlwg bod y fenyw'n credu nad oedd e wedi'i gweld. Cododd ei llaw yn raddol a phesychu. Oedd hon yn meddwl ei bod hi'n ôl yn yr ysgol?, gofynnodd Max iddo'i hun yn ddiamynedd.

'Hmmm,' pesychodd eto.

'Enw?' bachodd Max ar y cyfle i'w chydnabod cyn iddi newid ei meddwl.

'Jones . . . Miss Edna Jones.'

*   *   *

Roedd Max wedi bod yn gweithio'n achlysurol yng nghlwb nos 'Daggers' ers bron i bym-theng mlynedd bellach. Doedd e ddim wedi newid rhyw lawer yn ystod y blynyddoedd hynny. Roedd ei siwt liw porffor â'r ymyl eisin gwyn wedi heneiddio 'chydig, fel y dodrefn yn y 'stafell. 'Chydig iawn o flew llwyd oedd wedi britho'i wallt trwchus, cyrliog. Credai fod ei waith o helpu pobol wedi sicrhau'r wobr fach 'ma iddo gan rywun oddi uchod. Ac roedd y botel liwio a gadwai yn ei 'stafell 'molchi yn helpu rhywfaint.

Byddai llawer yn wfftio'r awgrym fod 'na ryw-un oddi uchod yn gofalu amdano. Roedden nhw'n feirniadol iawn o'i fath ef. Twyllwr yd-oedd iddyn nhw, er y bydden nhw'n siŵr o ganmol ei slicrwydd fel arweinydd y sioe. Bydden nhw'n cydnabod ei allu i drin pobol hefyd, yn arbennig y rheini mewn profedig-aeth.

Gallai ddeall y feirniadaeth i raddau hefyd. Roedd hi'n swnio'n annhebygol fod pobol fel ef yn gallu sgwrsio â phobol oedd wedi marw. Pobol fel ef, ond nid pawb. Dyna'r hyn oedd yn drysu'r rhan fwya'. Roedd Max fel rhyw fath o loeren yn gadael i wahanol amleddau neidio oddi arno. Os oedd pobol yn gallu siarad o'r ochr draw yna rhaid eu bod nhw'n fyw ar ryw ffurf. Roedd hi'n anodd dychmygu miloedd o bobol yn hongian am byth mewn trydydd di-mensiwn.

'Jones,' seiniodd Max y geiriau'n araf gan ddefnyddio'i ddwylo i'w fynegi ei hun. 'Rwy'n clywed yr enw Jones eto.'

'Fy mab yw hwnnw, siŵr o fod . . . Gareth Jones . . . ,' atebodd y wraig. 'Buodd e farw . . .'

'. . . mewn damwain,' atebodd Max fel gwib.

'Wel . . . do . . .'

Edrychai Edna fel petai wedi ei syfrdanu. Roedd ei hwyneb yn wyn fel y galchen. Ac ai'r golau oedd wedi creu'r dagrau oedd wedi ymddangos yn ei llygaid?

'Ro'n i'n gwybod y byddai e'n trio cysylltu . . .'

Doedd gwaith Max ddim yn waith hawdd, chwaith. Roedd e wedi cael dawn, dawn oedd yn ddigon tebyg i ddawn 'sgrifennu, yn ei farn e. Ond roedd ei waith e'n anoddach na gwaith awdur. Fyddai neb yn gofyn i Dic Jones greu awdl ar amrantiad nac yn amau ei ddilysrwydd fel Prifardd petai e'n methu. Gallai bardd ddweud fod yr awen heb ei gyffwrdd heddiw a byddai pawb yn ei gredu. Ond roedd rhaid i Max a'i debyg argyhoeddi bob tro bydden nhw ar lwyfan, tanio'r wifren leisiau fel troi'r swits ar radio.

Doedd neb yn cydymdeimlo ag e pan oedd y lleisiau'n dawel neu'r manylion a dderbynnai'n anghywir bob hyn a hyn. Ac roedd 'na rai na ellid byth eu hargyhoeddi, wrth gwrs. Ond roedd y rhan fwya' a ddeuai i'w glywed yn gwsmeriaid go iawn. Ie, cwsmeriaid fyddai e'n eu galw. Wedi'r cwbl, roedd e'n ŵr busnes.

'Damwain ofnadwy yn ôl y llais . . .'
'Oedd . . . roedd ei gorff e mor wlyb . . . dyna rwy'n gofio . . .'
'Boddi wnaeth e, medd Gareth.'
'Ie.'
Gwelai Max y deigryn bach gwerthfawrogol yn gwlychu boch Edna. Gwenodd, gan ddat-gelu dant aur – arwydd o gyfnod byr o lewyrch yn y saithdegau.
'Rwy'n   gweld   dŵr . . . lot   fawr   o ddŵr . . . damwain ofnadwy . . . camgymeriad . . .'
'Ie. Roedd e'n pysgota. Ro'n i wedi ei rybudd-io i beidio â mynd allan ar ei ben ei hun . . . Ond dy'ch chi ddim haws â dweud wrth fechgyn. Mae merched yn llawer mwy ufudd. Suddwyd y cwch gan don . . . a . . . a boddwyd Gareth.'
'Rwy'n gweld darn o emwaith . . .'
'Ie,' meddai Edna wedi cyffroi, fel petai am ffrwydro. 'Ro'n i'n ceisio trwsio fy wats pan ganodd y ffôn . . . â'r newyddion,' ychwaneg-odd yn dawel.
Cyffyrddodd Max yn ei Rolex ei hun. Byddai hon yn siŵr o roi tip eitha' da.

* * *

Roedd e wedi gwneud gwaith da, canmolodd Max Rogers ei hun, yn y 'stafell wisgo fach, dywyll ar ôl y sioe. Roedd Edna a'i thebyg wedi ei phlesio a'r gynulleidfa wedi ei hargyhoeddi. Bron nad oedd e wedi'i argyhoeddi'i hun heno, cystal oedd ei berfformiad . . . bron â bod . . . Ond roedd Max yn gwybod yn well na hynny hefyd.

PEN TOST

DYW PETHAU ddim yn gweithio fel yr oedden nhw. Dwy funud yn ôl es i afael yn fy sbectol oddi ar y bwrdd mahogani wrth f'ochr a gafael, yn hytrach, mewn pin inc oedd yn closio'n dwyllodrus gerllaw. Ac mae 'na boen fel cyllell yn fy mol sy'n awgrymu diffyg traul ar ôl y pishyn cod 'na amser cinio, er mai cyw iâr oedd yn fy mhoeni i'r wythnos ddiwetha'.

Dwi ddim wedi dweud gair wrth Liz, wrth gwrs. Mae hi'n meddwl bod golwg dda arna' i ers i Wini farw. Ac yn sicr, mae'r hen boenau 'na yn fy mhen i wedi lleihau. Gallaf wrando ar sŵn y ddau fach heddi'. Fyddwn i ddim wedi gallu meddwl am wneud ffasiwn beth 'chydig fisoedd 'nôl. Byddai pen tost wedi fy ngyrru i i'r gwely am sbel ar ôl taith i'r capel. A ta beth, dwi ddim am gwyno. Mae Liz yn gwneud ei gorau, chwarae teg.

Rwy' wedi cael dod draw i ginio dydd Sul heddiw eto. A ches i ddim hyd yn oed helpu gyda'r llestri i ddiolch iddi. "Steddwch,' mynnodd hi. Roeddwn i'n gorfod gofalu amdanaf fy hun drwy'r wythnos ac roedd hi'n braf i mi gael saib bach ar y Sul, meddai. Ddywedodd hi ddim nad oedd hi ddim am fentro'i llestri gorau ar ôl i mi dorri'r soser Denby y tro diwetha'.

'Paned?' Daw Liz i sefyll o dan y bwa sy'n rhannu'r gegin a'r lolfa. Mae wedi gorffen â'r llestri siŵr o fod.

'Plîs 'te, Liz fach. Dau siwgr.'

'Ddylwn i wybod 'ny erbyn hyn, Dad bach,' meddai gan chwerthin.

Dad fydd hi'n fy ngalw i bellach er nad ydw i'n dad go iawn iddi. Merch Wini yw Liz a'm hail wraig i oedd Wini.

Ydy, mae Liz yn gofalu amdana' i. Ond mae'n dda nad yw hi'n gwybod popeth . . .

* * *

Does dim rheswm gen i i gwyno wir. Mae gen i bobol sy'n poeni amdana' i, ar adeg pan mae cymaint o'r un oedran â mi'n gweld neb o'r naill ddydd i'r llall. Diffyg amser yw'r esgus mwya' cyffredin ac eto mae'n bwysig gwneud amser i'ch teulu. Ac rwy' wedi cael iechyd gweddol ar hyd fy oes . . . a Wini hefyd, pan oedd hi byw.

Marw'n sydyn wnaeth hi, dim diodde' a phylu oherwydd afiechyd, ac felly roedd hi'n fenyw smart tan y diwedd. Roedd ei gwallt wedi britho, a'i liw arian oedd yn ei gwneud hi'n fenyw dra thrawiadol yr olwg. Roedd hi wedi bod yn ofalus â'i chroen ac felly fyddai hi byth yn blastr o golur na minlliw. Doedd dim rhaid iddi beintio wyneb ar ben ei hwyneb na lliwio o amgylch ei dau lygad, dau fotwm bach serennog.

Ond gallai'r wyneb del droi'n hyll iawn hefyd oherwydd ei nerfau. Gweld eisiau'r plant oedd hi. Roedd hi 'di byw iddyn nhw erioed a châi hi'n anodd iawn llanw'r gwacter ar eu hôl. Ambell ddiwrnod, allwn i wneud dim byd yn iawn. Dw i ddim yn meddwl fy mod i'n berson pwdr. Roedd gwylio fy nhad yn helpu Mam yn y tŷ wedi fy nghadw rhag meddwl, fel cymaint o ddynion, mai gwaith menyw oedd gwaith tŷ.

'Ti 'di bennu crafu'r tato 'na 'to . . .'
Bygythiad nid cwestiwn.
'Do. Maen nhw ar y stof yn barod,' atebais yn dawel. Doeddwn i ddim am gynhyrfu'r wraig.
'Ooh!'
Trodd y llais yn sgrech wrth i lygaid Wini serio ar y sosban.
'Be' sy'n bod, Wini fach?'
Yn rhy hwyr. Roedd hi wedi cynhyrfu.
'Bod? Os na fydda' i'n hunan . . . Wnaiff 'rhain ddim berwi tan yr wythnos nesa' fel hyn. Mae hanner galw'n o ddŵr 'da ti yn y sosban.'

Eisiau mynd wedyn. Mynd i unrhyw le,

doedd dim ots ble. Mynd i'r dre i nôl papur newydd pan allai gerdded i'r siop fach mewn dwy funud. Ymweld â'r Llywelyns hefyd, er bod Wini a Mrs Llywelyn yn siarad ar y ffôn bob dydd a phrin ddeuddydd ers i ni fod 'na i de. Roedd Wini'n hoff iawn o de.

Dyna'r math o fenyw oedd Wini. Allai hi ddim help hynny. Mae rhai'n hoffi ymlacio a chanddynt bersonoliaeth hamddenol ac amser i bopeth. Doedd Wini ddim yn gallu eistedd os oedd 'na gwpan i'w olchi neu dywel i'w smwddio – oedd, roedd hi'n smwddio tywelion hefyd.

*   *   *

'Popeth yn iawn, Dad?'

Roedd llais Liz yn llawn pryder wrth weld un o'r efeilliaid, yn llawn bywyd fel arfer, yn gafael yn fy sbectol a'i thynnu fel petai clustiau ddim yn bod.

'Gobeithio'ch bod chi ddim yn poeni Dat-cu.'

Roedd y llall wedi eistedd ar fy mhen-gliniau – un goes naill ochr – fel joci yn y Grand National. Roeddwn i'n dechrau blino gorfod symud fy nghoesau i fyny ac i lawr i ddynwared ceffyl yn carlamu, ond allwn i ddim â stopio chwaith wrth weld y wên gyffrous ar ei wyneb.

'Rwy'n iawn, wir nawr, Liz.'

Gallwn weld ei bod hi'n dal i boeni.
'Sut mae'ch pen?' gofynnodd.

* * *

Ac wedyn roedd yr hen bennau tost wedi dechrau. Roedd rhaid i rywun gael ymlacio, ffeindio hanner awr y dydd iddo'i hun, neu beth oedd pwrpas byw? Roeddwn i'n byw ar fy nerfau o ddydd i ddydd. Allwn i ddim eistedd i lawr i ddarllen y papur heb ofni'r waedd yn f'atgoffa bod sil ffenest i'w pheintio neu gadair i'w thrwsio neu angen paned ar wraig mor brysur â hi.

Rhyw boen bach oedd e i ddechrau, fel sŵn tap yn dripian yn y nos y deuwch yn araf ymwybodol ohono. Drip, drip yn uwch ac yn uwch, nes bod pob diferyn bach yn troi'n rhaeadr o boen. Y powndio yn y pen wedyn, thwmp, thwmp, nes bod symudiad bach y frest wrth anadlu'n gwaethygu'r cur. Thwmp, thwmp, diodde' annioddefol. Thwmp, gorwedd yn y tywyllwch. Thwmp, thwmp, rhoi'r glustog am fy mhen. Thwmp thwmp, gwasgu'r glustog am fy mhen. Gwasgu.

Cynyddodd y poenau. Cefais dabledi gan y doctor ac roedd y rheini'n helpu rhywfaint, ond fel rheol unwaith roedd y cur wedi dechrau doedd dim stop arno. Roedd hi'n rhyfedd gweld tabledi fel y rhain yn cael eu cynnig fel meddyginiaeth. Roedd 'na 'sgrifen fras ar y botel dabledi yn rhybuddio: 'Perygl: Peidied â chymryd mewn niferoedd mawr.'

Roeddwn i'n dihuno ddwywaith neu deirgwaith mewn wythnos gan deimlo'r poen yn dechrau cynyddu yn fy mhen. Teimlwn wythïen yn dawnsio a symud ei chorff hir o'm llygad dde i'm trwyn. Roedd y clefyd yn heintus a chyn pen dwy awr byddai picelli bach yn taro fy wyneb i gyd.

Yn raddol, pan oedd y boen yn para am ddeuddydd – hyd yn oed deuddydd o orwedd ar fy mhen fy hun mewn 'stafell dywyll a Wini'n pwdu yn y lolfa oherwydd na châi hi ddim mynd allan y diwrnod hwnnw – dechreuais sylweddoli na allwn i ddim byw fel hyn. Dim byw oedd hyn. Petawn i'n cael tamaid bach o lonydd . . .

* * *

Estynnais am ddau hymbyg o boced fy nhrowsus. Twrio amdanyn nhw gyda fy llaw chwith a sadio Tristan ar fy nghôl gyda fy llaw dde. Doedd dim niwed mewn ambell beth melys, yn enwedig i ddau oedd yn amlwg yn gweld eisiau'u mam-gu.

Doeddwn i ddim yn dangos y mwythau i gyd i Liz chwaith. Mae cymaint o bwyslais ar fwyta'n iach y dyddiau hyn. Byddai hi'n fy rhybuddio i feddwl am eu dannedd a'u hymborth, pethau sy'n cael llawer gormod o sylw yn fy marn i. Mae'n rhaid cael ambell bleser mewn bywyd neu does dim pwrpas byw.

* * *

Rwy'n cofio'r olwg ar 'i hwyneb nawr, pan gerddon ni i mewn i'r 'stafell ffrynt a'i gweld hi wedi marw. Edrychai'n hardd, ei gwallt arian wedi'i bentyrru ar ei phen a'i chroen yn llyfn fel hufen. Roeddwn i'n meddwl mai cysgu roedd hi i ddechrau ond roedd ei chroen hi'n welw iawn, ac wedyn gallwn weld nad oedd ei breichiau, oedd wedi eu plygu ar ei brest, yn symud lle dylai fod 'na ystum anadlu.

Roedd hi'n sioc fawr i bawb, yn enwedig Liz. Dim ond wedi mynd â'r efeilliaid i'r siop i gael diod oeddwn i. Fuon ni ddim deng munud. Dim ond digon hir i Wini farw, ar ei phen ei hun, ar y soffa.

Doedd e ddim yn gymaint o sioc i mi, wrth gwrs. Roedd e'n mynd i ddigwydd yn hwyr neu'n hwyrach. Roeddwn i'n synnu bod y tabledi wedi ei chadw hi'n fyw cyhyd, a dweud y gwir, a minnau wedi bod yn rhoi tair yn ei the, ers wythnosau, bob tro roedd hi'n cael paned.

EISTEDDAI POB un o'r deg fel delwau ar y cadeiriau marmor. Cheisiodd yr un ohonyn nhw dynnu sgwrs i basio'r amser. Roedden nhw fel petaent yn fyddar i dician uchel y cloc uwch eu pennau, ac edrychodd yr un ohonyn nhw ar yr wyneb sgwâr i fesur yr amser oedd ganddyn nhw ar ôl.

Roedden nhw eisoes fel cyrff. Er petaech wedi rhoi'ch llaw ar un o'r deg brest byddech wedi teimlo'u calonnau'n pwnio'n eiddgar yn erbyn y croen. Ac ni ellid byth fod wedi anwybyddu'r oglau chwys yn y gwres.

Ar y dde iddyn nhw, roedd y Peiriant Pob Ateb, clorwth gosgeiddig o ddur a haearn wedi ei fowldio ar siâp crud, trionglog. Stribedi hir, tenau o ddur a ffurfiai'r crud a phob stribed wedi ei gerflunio'n gain: siâp cylchoedd tyn fel gwifren deleffon neu raff gnotiog. Roedd pob darn yn unigryw. Gallai person dreulio hydoedd yn llygadu nes i'r dur droi'n seirff yn neidio a phlethu trwy'i gilydd yn yr awyr wrth geisio cyrraedd y groes uwchben. Ond doedd gan y rhain ddim diddordeb. Roedden nhw wedi bodloni ar eu ffawd, a nawr doedd dim ar ôl iddyn nhw ei wneud ond aros.

'Nesa'.'

Ceisiodd Charon swnio'n gyfeillgar wrth fwrw i'w waith. Roedd hi wedi bod yn fore prysur eisoes ac roedd y gwres yn yr adeilad, oedd wedi crynhoi yn y 'stafell beiriannau, yn ei wneud 'chydig yn fwy diamynedd nag arfer.

'Braf.'

'Ydy,' cytunodd â gosodiad cwta Jina Huws amser toriad. Roedd wedi gwylio ei phen ôl yn symud yn anghyfforddus yn erbyn defnydd tyn ei sgert ac wedi sychu diferyn o chwys â chefn ei law wrth feddwl am ei choesau noeth. Doedd dim drwg mewn edrych, meddyliodd a gwên yn lledu ar ei wyneb. A phan oedd dyn sengl yn ei chwedegau cynnar doedd fawr o obaith gwneud dim byd amgenach.

Cododd gŵr gwyn ei wallt o'r gadair agosa'. Roedd 'na ormod o grychau ar ei wyneb i'w cyfri', meddyliodd Charon gyda rhyddhad. Roedd felly dipyn yn hŷn nag e.

'Bore da,' meddai'n serchog. Ond wnaeth y llall ddim ymdrech i'w ateb. Efallai nad oedd e'n gallu gwenu mwyach, am fod ei groen wedi caledu'n fyrdd o linellau anesmwyth yr olwg. Daeth awydd ar Charon i chwibanu ond cofiodd am y rhybudd oddi uchod. Roedd rhaid troedio llinell annelwig yn ei waith e.

Gwenodd Charon. Doedd e ddim yn poeni nad oedd e'n cael ymateb i'w sgwrsio. Roedd e'n hoffi'r siarad gwastrafflyd a oedd mor an-ochel, pan oeddech yn ceisio dal pen rheswm â dieithriaid y gwyddech na fyddech chi yn eu gweld fyth eto. Ac roedd siarad yn ffordd o basio'r amser pan oedd eiliadau'n mynd heibio'n araf, er bod tician uchel y cloc uwch ei ben yn ei atgoffa fod rhaid bwrw 'mlaen â'r gwaith.

Roedd hi'n anodd i Charon gadw'n dawel ar adegau. Roedd e'n hapus yn ei waith ac fel cath yn canu grwndi doedd e ddim yn gallu cuddio'i deimladau. Credai fod mwynhau'ch gwaith yn bwysig. Roedd 'na ormod o oriau gwaith mewn diwrnod i rywun ddechrau diflasu. Os byddai rhywun yn mynd i'r drafferth o gyfri' fe fyddai'n siŵr o ffeindio, o gyfri'r oriau mae person ar ddi-hun mewn diwrnod, fod pobol yn y gwaith am fwy o amser nag y maen nhw gartre'.

Roedd yr hen ŵr braidd yn araf yn symud, ond roedd e'n amlwg yn gwybod y drefn. Gor-weddodd ar y gwregys rwber, meddal heb i Charon orfod dweud yr un gair wrtho. Roedd ei gorff mor llonydd a syth â phren wrth iddo syllu ar yr arch uwch ei ben, ond tybiodd Charon nad oedd y llygaid di-fflach yn gweld dim.

'Iawn?' gofynnodd heb ddisgwyl ateb. Mewn

eiliad roedd wedi gwasgu'r botwm a gwyliodd y peiriant yn sugno'r gŵr i'r man y tu hwnt i'r llen.

Anaml iawn y byddai rhywun yn strancio ar y munud ola' ac yn gwrthod cymryd ei le ar y gwregys. Unwaith roedd pobol yn cyrraedd oedran arbennig roedden nhw'n tueddu i dderbyn eu tynged. Roedd marwolaeth yn anorfod – ffaith roedd pob meidrolyn yn ei gwybod ac yn dysgu ymdopi â hi. Ac roedd y rhan fwya' o bobol yn fodlon, rhai ohonyn nhw'n falch hyd yn oed, o adael i'r Peiriant Pob Ateb sugno'r bywyd ohonyn nhw a'u cludo i'r ochr draw.

Ond roedd rhywbeth yn gwneud Charon yn anniddig y diwrnod hwnnw, fel y teimlad o ddihuno fore arholiad. Dydych chi ddim yn cofio'n syth fod 'na rywbeth amhleserus i ddod ond yn raddol rydych chi'n cofio ac mae rhyw annifyrrwch yn rhedeg trwoch ac yn gwneud i'ch ymennydd grynu. Doedd Charon ddim wedi sylwi ar y gŵr ifanc i ddechrau. Roedd e'n ddyn bach mor ddi-nod, fel y plentyn mewn dosbarth o ddeg ar hugain nad yw byth yn dweud gair. Bron nad ydych chi ddim yn sylwi ei fod e 'na. Roedd ei gorff yn denau fel cysgod a'i wyneb gwelw yn toddi i'r muriau lliw hufen.

Yn raddol roedd Charon wedi dod yn ym-wybodol o hwn hefyd, wrth iddo sefyll a gwylio. Gwyliai'r gŵr bob symudiad o eiddo

Charon. Roedd e wedi meddwl i ddechrau mai arolygwr oedd e ond roedd Charon yn 'nabod eu hwynebau nhw i gyd. Roeddech yn dod i wybod pwy oedd pwy ar ôl bod mewn swydd gyhyd ag e. Doedd neb fel rheol yn cymryd saib yn y cyntedd ac roedd y gŵr yn rhy ifanc i fod yn un o'r ciw a geisiai ddileu'r anochel am ychydig funudau'n hwy. Doedd dim dianc. Roedd pawb yn gorfod marw'n hwyr neu hwyrach.

Roedd y cyntedd ger y Peiriant yn arwain i'r 'stafell restrau, lle roedd giang yn gwneud y gwaith didoli pwysig. Doedd Charon erioed wedi bod yn y 'stafell hon. Roedd y gwaith a wneid yno'n gyfrinachol. Ond gwyddai mai nhw oedd yn dewis yr enwau ac yn chwilio am y cyfeiriadau.

Rhyw ugain llath i ffwrdd, i'r cyfeiriad arall, roedd yr argraffdy lle byddai'r cardiau pinc yn cael eu cynhyrchu. Yr un oedd y gwaith dylun-io ar bob cerdyn ond roedd rhaid newid rhai manylion i gyd-fynd â'r unigolyn. Roedd hi'n syndod mor dawel oedd hi yn y cyntedd o gofio bod yr argraffdy mor agos. Ond efallai y byddai Charon wedi gallu clywed clecian y peiriannau oni bai am dician uchel y cloc uwch ei ben.

Doedd e ddim yn meddwl fod unrhyw beth anfoesol ynglŷn â'i waith. Nid yn ei law e roedd y fwyell. Dim ond gwasgu'r botwm a wnâi Charon. Gwres y peiriant oedd y fwyell ar groen y gwddf. Dyn cyffredin oedd e ac nid cawr mewn gwisg rwber, ddu. Cynigiodd law grynedig i fenyw dew oedd yn ceisio ei gosod ei hun yn esmwyth ar y gwregys. Daeth defnyn o chwys i wlychu ei dalcen. Roedd y gwres yn an nioddefol pan oedd person yn ceisio gweithio.

Penderfyniad oddi uchod oedd wedi cyf-lwyno'r gyfraith newydd. Roedd hi'n system ratach na chadw pobol mewn cartrefi henoed. Dyna oedd ffasiwn y cyfnod wedi dirywiad y teulu. Roedd y cartrefi'n costio miloedd i'w cadw ac roedd cannoedd ohonyn nhw'n an-effeithiol, serch hynny. Doedd pobol ddim yn wirioneddol hapus ynddyn nhw, chwaith. Bod oedden nhw nid byw. Nawr, pan oedd pobol yn dod i ddiwedd eu hoes a'u defnyddioldeb roedden nhw'n cymryd eu lle ar y gwregys symudol ac yn cael eu cludo y tu hwnt i'r llen.

Doedd dim dianc rhag ffawd unwaith y deuai'r cerdyn pinc trwy'r drws:

'Gwahoddir Mr, Mrs neu Miss (yn ôl y galw) _ _ _ _ _ _   _ _ _ _ _ _ _ i ymuno â'r Peiriant Pob Ateb ddydd _ _ _ _ (ac yna'r dyddiad).'

Doedd neb yn gwybod pwy oedd yn cludo'r cardiau. Roedden nhw'n ymddangos o 'nunlle. Yr elfen oruwchnaturiol, sinistr 'ma a gadwai pobol rhag anufuddhau. Roedd llais anweledig wedi datgan eu ffawd. Doedd dim dianc i fod.

Agorodd y drws wrth deimlo gwres corff Charon yn agosáu. Taniodd y golau wrth i'r drysau agor, gan oleuo'r 'stafell fyw. Edrychodd o'i gwmpas ar y rhaniadau pren a luniai furiau pob 'stafell. Byddai'n rhaid golchi ei iwnifform cyn 'fory, meddyliodd, wrth weld y peiriant ym mhen draw'r gegin.

Paned, penderfynodd, a gosod ei gap ar y bachyn ar y wal. Trwy gil ei lygaid cafodd gip ar rywbeth yn gorwedd ar y carped. Roedd 'sgrifen gain ar y cerdyn, fel 'sgrifen yr hen fynachod. Penliniodd Charon yn araf gan deimlo'r gwynegon yn serio trwy ei goesau wrth iddo godi.

'Gwahoddir Mr Charon . . . ,' darllenodd a theimlo'r deunydd pinc yn llithro rhwng ei fysedd crynedig.

Yna, cofiodd am y dyn gwallt tywyll a fu'n ei wylio'r diwrnod hwnnw. Roedd e wedi canolbwyntio ar bob symudiad bach o eiddo Charon. Gallai siŵr o fod wneud ei waith nawr, meddyliodd, petai galw arno. Deallodd yr hen ŵr, a dechrau llefain.

STRIPIO

DATODODD JED fotymau ei siaced yn araf iawn gan ddatgelu yn gynta' y blew meddal ar ei wddf ac yna'n raddol liw euraid ei frest anhygoel. Byddai'r siaced, Armani ffug liw hufen, wedi ei difetha, wrth gwrs. Rhaid oedd taflu pob un ar ôl ei gwisgo unwaith oherwydd bod y defnydd mor denau a'r hylif di-olew ar y corff yn staenio am byth. Roedd hyn yn wastrafflyd iawn ond allai Jed wneud dim ond beio'r defnydd a'i gysuro'i hun bod ymateb y merched yn mynnu bod y wisg yn rhan annatod o'r sioe.

Gwenodd ar un o'r gwragedd oedd wedi'i gwthio'i hun i flaen y llwyfan. Roedd ei cheg led y pen ar agor – darlun anffafriol, yn enwedig gan fod ei sgrech yn toddi gyda'r lleill. Teimlodd Jed ias yn goglais ei asgwrn cefn wrth ei gwylio. Roedd yn rhaid iddo gyfadde'; doedd dim cic fel y gic a deimlai o weld cannoedd o ferched yn dyheu amdano fel hyn.

Wrth gwrs, byddai eu gwŷr – yn ddigon naturiol efallai – yn wfftio'r math o waith a wnâi. 'Pwff' oedd e, a gellid yn hawdd ddiystyru'r fath lwmp benywaidd o gnawd! A wnâi ei enw proffesiynol – Roger oedd ei enw go iawn – ddim ond ychwanegu at y chwerthin.

Doedd eu beirniadaeth nhw ddim yn amharu arno. Amddiffyn eu hunain roedden nhw. Allen nhw ddim ymdopi â'r syniad o ddynion yn ymbincio'n ddyddiol fel y gwnâi cymaint o ferched. Pincio a phriwnio – sebon, olew, hylif corff a wyneb, shampŵ, hylif drud i gadw'r gwallt rhag sychu a'r tamaid lleia' o golur, i guddio'r diffygion pan doedd dyn ddim yn teimlo ar ei orau. Creu'r nesa' peth i ffurf berffaith 'David' Michaelangelo.

Pa ryfedd fod dynion canol oed yn mynd i edrych mor anniben? Os nad oedd pobol yn ei gredu dim ond edrych ar y dynion o'u cwmpas oedd rhaid iddyn nhw ei wneud a sylwi ar eu crwyn caled, yn frith o wythiennau coch, eu gwalltau tenau llipa a'u boliau cwrw blonegog – ac yna edrych ar eu gwragedd.

I raddau roedd rheidrwydd ar Jed i fod yn falch. Roedd yn rhan o'i waith. Doedd merched ddim am wylio'r dyn cyffredin yn tynnu amdano. Pwy allai synnu os oedd ambell fenyw ganol oed yn dechrau mynnu cael rhyw â'r golau wedi ei ddiffodd! Fyddai hi'n fawr o sioe i weld Colin Cyffredin yn dangos ei groen caled, cochlyd a'i fol cwrw blonegog cyn cyrraedd uchafbwynt y sioe – tynnu ei drôns llwyd a dangos ei ben ôl lliw lard.

Roedd rhaid gweithio i edrych cystal â rhyw-un fel Jed, gweithio ac aberthu hefyd. Doedd Jed ddim yn yfed alcohol. Roedd Evian yn ddigon i'w fodloni. Byddai'r cur pen drannoeth yn ddigon i dorri ar ei batrwm ymarfer corff, patrwm oedd yn sicrhau ei fod yn rheng flaen dawnswyr Cyhyrau Cymru. Dechreuai gydag awr o ymarfer y cyhyrau, yna'r corff, yr ysgwyddau a'r cefn cyn cyrraedd cyhyrau'r breichiau a'r coesau. Doedd e ddim am wneud gormod chwaith. Wnâi corff fel Arnold Schwarzenegger mo'r tro. Doedd dim byd mwy hyll, yn ei dyb e, na gweld dros bedair stôn ar ddeg o gig a gwaed wedi ei fowldio'n dalpiau cyhyrog, caled. Doedd dynion felly ddim yn edrych yn normal – roedden nhw fel rhywbeth o blaned arall. Arswydodd.

Er yr holl oriau o baratoi doedd e ddim am edrych yn annaturiol. Dyna pam, mae'n debyg, ei fod e'n gwrthod eillio'r blew oddi ar ei gorff i gyd – er ei fod e'n tacluso blew ei aeliau un-waith bob pythefnos – na thorheulo'n rhy hir o dan y lamp haul.

* * *

Gadawodd Jed i'w fysedd gyffwrdd yn ysgafn â'r blew ar ei frest. Gallai deimlo'r olew yn cosi ei fysedd ac roedd y teimlad yn ei gyffroi. Gaf-aelodd yn gadarn ym motwm top ei drowsus a'i ddatod. Roedd e wedi cael digon ar y chwarae. Arhosodd am ennyd i wrando ar sŵn y sgrechain yn codi'n uwch cyn dad-wneud y sip. Mewn eiliad roedd y llwyfan yn un llen o dywyllwch.

* * *

Roedd hynny'n siŵr o synnu'r rhai nad oeddent erioed wedi ei weld wrth ei waith. Roedden nhw'n meddwl ei fod e'n tynnu'r cyfan. Yfodd lymaid o Evian i ymlacio. Allai e ddim â help ond roedd agwedd pobol fel hyn yn ei gythruddo . . . yn meddwl mai dyna'r math o ddyn oedd e! Roedd pob un o'r deg dawnsiwr ar hugain yn cytuno nad oedd stripio'n noeth yn mynd i gyffroi merched. Roedden nhw'n rhy beniog i chwantu corff dyn am mai corff dyn oedd e. Doedd dim ond rhaid edrych ar y rhesi o gylchgronau ar y silff dop mewn unrhyw siop bapur newydd i weld at gopis pwy roedd y chwantau mwya' bas yn cael eu hanelu.

Awgrym, dyna i gyd oedd y sioe – brest, coes, cefn a'r uchafbwynt: tynnu trowsus i ddangos tin cyhyrog mewn G-string coch.

Roedd e wedi dechrau casáu'r syniad o ddiosg y cyfan ar ôl gweld merch ifanc yn tynnu amdani mewn clwb nos yn Llundain un tro. Chwilfrydedd . . . a chwant oedd wedi ei yrru e, a giang o ddynion, i wylio 'Let Lucinda . . .' Roedd 'na addewid yn enw'r sioe ac roedd pum pâr o lygaid eiddgar yn gwylio Lucinda'n dod i'r llwyfan. Ond buan y diflannodd y wên oddi ar ei wefusau e wrth wylio'i ffrindiau'n glafoerio uwchben y ferch ifanc. Byddai'n ddigon del hefyd petai llai o liw pensil du o amgylch ei llygaid a'i gwallt wedi cael cyfle i dyfu 'n ôl i'w liw brown naturiol. Ond yr hyn a ddiffoddodd y fflam i Jed oedd yr olwg ar ei hwyneb. Doedd gan hon ddim diddordeb. Gwaeddai ei llygaid: rwy' wedi diflasu.

Roedd ymateb y merched i sioe Cyhyrau Cymru yn dangos nad oedden nhw ddim wedi cael eu siomi. Roedd hi'n amhosib wfftio'u sgrechain egnïol. Roedd y clybiau'n llawn yn ystod y perfformiadau bob nos a hyd yn oed y gwragedd tŷ mwya' swil – y rheini nad oedden nhw erioed wedi cael gwared o'u swildod yn y 'stafell wely – ar eu traed yn sgrechain, a chlapio ac yn gweiddi am gael gweld mwy, mwy, mwy.

'Oi, gorjys!' gwaeddodd un wraig wrth iddo gerdded i'r gwesty un noson. Trodd Jed i weld dynes lwyd ei gwallt, debyg i'w fam-gu, yn dangos ei nicers draig goch iddo. Bu bron iddo redeg am ei fywyd bryd hynny, wedi cael llond bol o ofn wrth feddwl am ei chorff crebachlyd yn ei chwantu e. Diolch byth na fyddai'n rhaid iddo wneud y gwaith 'ma am byth, mai dim ond hoe – hoe ddigon ariannog – rhwng coleg a busnes oedd stripio iddo.

A dyna fe, y peth bach y tu mewn iddo oedd yn cnoi a chnoi gan ei atgoffa na allai e fyth fodloni ar hyn. Er y degau o ferched o bob siâp a llun oedd yn eu cynnig eu hunain iddo'n ddyddiol – a dim brolio oedd dweud hynny – roedd hi'n drist meddwl nad oedd yr un ohonyn nhw'n edrych yn ddigon uchel i sylweddoli fod ganddo ben ar ei gorff ardderchog. Ac roedd hynny'n ei boeni.

CYFFWRDD

DOEDD HI ddim yn gwrando . . . fel arfer.
Cydiodd yn yr afalau a'u golchi'n gyflym o dan
y tap cyn eu gosod yn un pentwr blêr yn y
fowlen wydr ar y bwrdd. Petai hi'n dechrau
gwrando ar ei lais cintachlyd yn crafu ar ei
nerfau byddai'n mynd o'i cho'. Godde'n dawel
oedd orau.

'Wyt ti'n gwrando?'

Doedd Jon ddim yn gas. Fyddai e byth yn gas.
Ac roedd hynny'n waeth na'r gweiddi neu'r
rhegi butra', roedd hi'n siŵr o hynny. Llenwyd
hanner isa' ei wyneb gan wên braf. Doedd
ganddi hi mo'r egni i edrych yn hapus.

'Rwyt ti yn dy fyd bach dy hunan heddi' 'to,
Del.'

* * *

'Wyt ti 'na, Idris?'
'Ydw.'
'Diolch byth.'

* * *

Gwelodd gip arni'i hun yn y ffenest wrth ymestyn am y tap dŵr cynnes a sythodd ei gwallt brown yn gyflym. Byddai'n rhaid golchi'r trowsus drud 'na gyda llaw, meddyliodd. Ond cyn iddi gael cyfle i 'nôl y botel hylif golchi dillad o'r cwpwrdd o dan y sinc roedd 'na ddwylo yn ei chofleidio. Gwingodd Delyth.

'Popeth yn iawn?'

Petai e'n codi ei lais o bryd i'w gilydd, yn gwylltio hyd yn oed, o leia' byddai hynny'n dangos ei fod e'n sylwi arni, yn sylwi mai anaml iawn roedd hi'n gofyn am gusan, yn sylwi ar y pellter mawr rhyngddyn nhw a'i bod hi'n dianc fwyfwy i fyd ei breuddwydion.

* * *

'Beth wnawn ni heddi' te, Id?'

'Beth wyt ti eisiau'i wneud, cariad?'

'Dwi ddim yn gwybod yn iawn.'

'Allen ni fynd am dro ar lan y môr, golchi'n traed yn y dŵr, a bwyta hufen iâ ar y tywod.'

'Gallen . . . Na. Mae'n rhaid i fi weithio brecwast a golchi'r llestri . . . a heddi' yw fy niwrnod smwddio. Dwi wastad yn smwddio ar ddydd Sadwrn, er mwyn i grysau Jon grasu erbyn dydd Llun.'

'Does dim rhaid i ti wneud hynny heddi'. Alli di aros yn y gwely os wyt ti eisiau.'

'Wnei di aros 'da fi?'

'Olreit.'

"Na beth fyddai orau 'te.'

Rwyt ti'n fy nghusanu. Un gusan hir ryfeddol sy'n fy hitio i yn fy stumog nes bod fy mhen i'n troi.

* * *

Doedd hi ddim yn gwybod a oedd e'n beth naturiol i ferch briod chwech ar hugain oed feddwl fel hyn, ond roedd hi'n ofni'r gwaetha'. Roedd hi'n cofio dotio at sêr pop a ffilmiau pan oedd hi'n ferch ifanc. Ar un adeg roedd hi a dwy ffrind wedi cymryd ffansi ofnadwy at Shakin Stevens ac wedi prynu pob cylchgrawn â'r tamaid lleia' o wybodaeth amdano. Ond roedd hi'n rhy hen i feddwl pethau felly nawr, ac i adael i ddyn ifanc golygus lanw'i breuddwydion.

Byddai'n teimlo'n euog ambell waith ond doedd ganddi mo'r penderfyniad i'w rhwystro'i hun rhag meddwl amdano. Oedd meddwl am wneud rhywbeth yn gymaint o bechod â'i wneud e go iawn? Wedi'r cwbl, doedd y ffaith eich bod chi'n eich dychmygu'ch hun yn gwneud rhywbeth ddim o reidrwydd yn golygu y byddech chi'n ei wneud e petaech chi'n cael y cyfle. Doedd hi ddim yn siŵr a fyddai hi'n gwneud yr hyn a ddychmygai petai hi'n dod i hynny. Jon oedd yr unig ddyn roedd hi wedi cysgu gydag e. Byddai'n teimlo'n annifyr iawn

yn dangos ei chorff, a hwnnw'n gorff llai na
pherffaith, i rywun arall. Ond ei gorff e ac nid
corff Jon fyddai'n ei chyffwrdd hi yn y tywyll-
wch.

* * *

Wedi golchi'r stêc yn ofalus a'i sychu aeth
Delyth i nôl y pin rholio o'r drâr a dechrau
pwnio i gael gwared â'r gwythi caled. Tamaid o
bupur a halen wedyn cyn rhoi'r ddau ddarn o
dan y gril. Roedd Jon yn eistedd yn y 'stafell
fyw yn gwylio'r teledu. Gallai glywed y ffrwyd-
riadau wrth iddi dorri'r letys. Doedd e ddim yn
ddyn diog. Byddai e bob amser yn helpu i
olchi'r llestri ac yn dod â phaned iddi pan oedd
hi'n gwylio *Pobol y Cwm*.

'Bom arall yn Sarajevo heddi',' gwaeddodd.
'Pump o blant bach wedi cael eu lladd.'

'Wyt ti eisiau hufen iâ neu hufen gyda'r
mefus?' gofynnodd hi.

Dim ateb.

Fyddai Delyth byth yn gwrando ar y
newyddion nawr. Roedd hi'n darllen yn awch-
us – papurau dyddiol, cylchgronau a llyfrau o
bob math – ysgafn a chlasurol. Ond allai
rhywun mor groendenau â hi ddim gwylio'r
lluniau o bobol yn diodde' heb ddiodde' gyda
nhw. Dyna pam roedd hi'n cau ei llygaid i'r
dinistr.

Daeth Jon i'r gegin. Roedd e wedi newid o'i ddillad gwaith a gwisgai bar o jîns golau a chrys-t Dire Straits. Roedd ganddo gorff digon trwsiadus o hyd, meddyliodd Delyth yn ddi-fater. Edrychodd arno ond doedd hi'n teimlo dim. Doedd e'n gwneud dim o'i le. Roedd hi wedi syrffedu arno, dyna i gyd.

Eisteddodd y ddau wrth y bwrdd i fwyta.

'Ges i freuddwyd ddiddorol neithiwr, Del . . .'

* * *

'Ges i freuddwyd amdanat ti neithiwr, Id.'

Rwy'n gorwedd ar y gwely sengl yn dy fflat yn edrych ar y nenfwd. Ddylwn i ddim fod wedi yfed y seidr a blac diwetha' 'na ac rwy'n gwyb-od 'ny.

'Am beth freuddwydaist ti, Delyth?'

Rwy'n dechrau chwerthin yn nerfus a phrot-estio, ond rwy' am i ti wybod ac rwy'n falch dy fod ti wedi gofyn.

'Ro'n i mewn labordy . . .'

'Labordy?'

Mae dy lygaid di'n frown fel dwy gneuen. Daw cwlwm bach i grychu dy dalcen o dan dy wallt brown crop.

'Ie, fel sy 'na mewn ysgol. Roedd y lle'n dawel . . . dim ond ti a fi 'na. A ddechreuon ni gusanu.'

Rwy'n gwybod oddi wrth yr olwg ddifrifol ar

dy wyneb dy fod ti'n gwrando, yn canolbwynt-io . . . wedi dy hudo.

'Roedd 'na gerddoriaeth yn chwarae yn y cefndir "Ti yw'r un i fi, ti yw'r un i fi" drosodd a throsodd, ond do'n i ddim yn gallu cofio pwy oedd yn canu'r gân.'

Rwyt ti'n dal i syllu ac mae'r ffordd rwyt ti'n edrych arna' i'n fy ngwneud i'n hy.

'O't ti'n dal i 'nghusanu i ac ro'n i'n teimlo'n gynnes, gynnes y tu mewn. Ro'n i'n eistedd ar un o'r desgiau, fy nghoesau wedi'u lapio naill ochr i ti. O't ti'n sefyll. Yna, rhoddais y gorau i dy gusanu a rhoi fy llaw ar dy frest i dy stopio rhag dod yn nes.

' "Paid â 'nghusanu i 'to, Idris," meddwn i, "neu fydda' i ddim yn gallu stopio fy hun," ond fe gusanaist ti fi.'

Rwyt ti'n codi o'r llawr nawr. Mae fy nghalon i'n curo'n gyflymach ac yn gyflymach. Rwyt ti'n fy nghusanu i.

* * *

Doedd yr un ohonyn nhw wedi dweud gair ers iddyn nhw eistedd i lawr wrth y ford fwyd. Bwytâi Jon yn awchus a'r blodau glas yn ffrwythloni ar ei blât. Doedd dim chwant bwyd ar Delyth. Gwthiodd ddarn o domato â'i chyllell gan geisio'i guddio o dan y letys heb ddefnyddio'i fforc.

'Dwi 'di cael digon,' meddai'n benderfynol. Clywodd dincial ei chyllell a'i fforc yn taro'r plât.

Gwenodd Jon.

'Meddylia am y plant bach yn Ethiopia, Del. Bydden nhw'n falch o gael hanner yr hyn rwyt ti'n ei fwyta.'

* * *

'Rwy' 'di cael digon, Del.'

Saif Idris a'i gefn tuag ataf.

'Arna' i?' gofynnaf yn ofnus a chryndod anghyfarwydd i'w glywed yn fy llais.

Saib.

'Rwyt ti'n fenyw briod, Delyth . . . Dwi ddim eisiau dy rannu di.'

'Rwyt ti eisiau i fi adael Jon?'

Saib eto.

'Ydw.'

* * *

'Wyt ti'n meddwl fod popeth yn iawn rhyngom ni'n dau, Jon?'

Edrychodd Jon ar ei wraig am eiliad fel petai angen amser i ystyr y geiriau dreiddio trwyddo i'w ymennydd.

'Pam wyt ti'n gofyn?' mentrodd o'r diwedd. Siaradai'n araf gan bwysleisio pob gair.

'Dwi ddim . . .' Croesodd Delyth ei breichiau'n

orfoleddus. Teimlai'n falch. Roedd hi wedi'i ddweud e.

*   *   *

'Dwyt ti ddim yn meddwl fod pethau'n iawn rhyngom ni, Idris?'

'Dim 'na'r pwynt, ife.'

'Beth 'te?'

'Petait ti ddim yn briod . . .'

Dwyt ti ddim yn gorffen y frawddeg, dim ond gadael i'r geiriau ddawnsio'n fygythiol yn yr awyr.

'Petait ti'n ei garu e fyddet ti ddim 'ma 'da fi . . .'

Mae e'n iawn ac mae hynny'n fy mhoeni.

'Gad e, Delyth.'

'Alla' i ddim.'

'Pam?'

'Arfer.'

*   *   *

'Rwy'n fodlon newid, Del. Wna' i unrhyw beth. Rwyt ti'n gwybod 'ny. Rwy'n dy garu di.'

Siaradai Jon fel petai mewn breuddwyd. Deuai'r geiriau'n rhy barod, yn rhy fecanyddol.

'Beth wyt ti eisiau i fi'i wneud?'

'Dwi ddim yn gwybod.'

Ac ym meddwl Delyth dyna oedd y peth

gwaetha', yr hyn a wnâi iddi deimlo'n fwya' annifyr. Doedd hi ddim yn siŵr beth oedd hi eisiau i'w gŵr ei wneud, beth allai ei wneud i'w gwneud hi'n hapus. Teimlai rywbeth arall . . .

* * *

'Paid â mynd, Idris . . .'
Mae ofn arna' i.

* * *

Roedd ofn ar Delyth.

CHWYDU

'BWYTA RYWBETH.'

Dwi ddim eisiau bwyd.

'Rwyt ti'n hoffi bîns a chaws.'

Ydw, wrth gwrs . . . ond heddiw mae eu hoglau nhw'n ddigon.

'Mae'n rhaid i bawb fwyta.'

Efallai aiff y pen tost 'ma wedyn.

'Wnaiff llond fforc mo dy ladd di.'

Na fy 'ngwneud i'n dew.

'Dere.'

Alla' i ddim.

*   *   *

'Edrycha ar hwn 'te, Lind. Mae e'n bishyn a hanner!'

Gorweddai Gwenllian Huws ar ei bol ar y gwely dwbl, yn cicio dwy droed maint saith at ei gilydd wrth lygadu'r Adonis gwallt melyn.

'A phwy yw honna ar ei fraich,' atebodd Linda'n sur. 'Ei fam, ife?'

Roedd pentyrrau o gylchgronau gan Gwen yn ei 'stafell bob amser, y rhifynnau diweddara' hefyd. 'Gwendid bach,' fyddai Gwen yn galw ei chariad at gylchgronau. 'Mae gan bawb un gwendid.'

Roedd hi'n eitha' gwir mai prynu cylchgronau drud oedd unig wendid Gwen, os nad oeddech chi'n sôn am siocled, siopa . . . a dynion.

'Dyw hi'n ddim byd ond esgyrn,' pwyntiodd Gwen at Helen o Droy'r Adonis a chrychu ei thrwyn fel petai'n dal pâr o sanau drewllyd.

'Mae hi'n berffaith, Gwen,' atebodd Linda.

'Paid â siarad dwli. Mae dynion yn hoffi tamaid bach o afael.'

'A phwy ddywedodd 'ny wrthyt ti . . . ?' atebodd Linda'n ddiflas. 'Rhys bach pan oedd e'n trio cael ei law dan dy sgert ti nos Sadwrn?'

'Dwi ddim yn gwybod am beth rwyt ti'n sôn,' atebodd Gwen mewn llais bach oedd yn awgrymu ei bod hi'n gwybod yn iawn am beth roedd ei ffrind yn sôn. Caeodd ei gwefusau lliw eirin yn dynn, nes bod y croen yn tynhau dros esgyrn dwy rudd siapus.

'Welaist ti'r top newydd 'na rwy' 'di brynu?'

Doedd Gwen ddim am ddweud mwy am Rhys roedd hi'n amlwg. Cododd oddi ar y gwely a dechrau tyrchu yn y cwpwrdd dillad llawn topiau bach, tyn bob lliw. 'Gei di fenthyg e os wyt ti eisiau.'

Edrychodd Linda ar y deunydd Lycra, glas golau. Fe gâi hi fenthyg y top – ond doedd dim gobaith y byddai'n gallu ei wisgo. Roedd

Lycra'n ymestyn, ond roedd pen draw i bob ymestyn.

Alla' i roi'r top i orwedd ar y gadair siglo yn fy 'stafell, meddyliodd Linda wrthi'i hun, a chymryd arna' ei fod e'n ffitio. Ond aeth ei brest hi erioed i mewn i dop maint deg. Doedd Linda ddim yn denau – nac yn dew chwaith – ond roedd hi hanner stôn yn fwy na'r pwysau delfrydol yn ôl y siart pwysau yn yr ysgol. Delfrydol i bwy, doedd hi ddim yn gwybod.

Rhedodd ei bysedd ar hyd y clawr meddal a mwynhau'r pleser am eiliad. Hoffai'r wefr fyrhoedlog a ddeuai o fodio cylchgrawn am y tro cynta' – edrych ar y lluniau mawr, lliwgar yn dawnsio o flaen ei llygaid wrth iddi droi pob tudalen yn gyflym, darllen yr erthyglau personol a byseddu'r tudalennau trwchus, sidanaidd.

Darllen yr erthyglau oedd orau ganddi. Roedd digon o gyngor ar ddillad, colur a chadw'n heini, sut oedd bachu bachgen del, sut oedd cael rhyw . . . a sut i deimlo wedyn. Cafodd gip ar deitl diddorol, 'Ennill Dyn Eich Breuddwydion'. Grêt, meddyliodd Linda. Yr union beth. Ond roedd hi'n teimlo'n fwy cymysglyd ar ôl darllen yr erthygl na chynt. Roedd 'na restr hir o bethau i'w gwneud a phethau i ofalu peidio â'u gwneud. Penderfynodd, petai'n cyfarfod dyn ei breuddwydion, na fyddai'n gwneud nac yn dweud dim.

Trodd at dudalen ffasiwn – lluniau o ferched yn y *lingerie* diweddara'. 'Dan yr wyneb' – fflachiau'r teitl coch, trawiadol. Edrychodd ar wynebau'r modelau ac am eiliad gwelodd ei hwyneb hi ar ysgwyddau un o'r cyrff. Roedd y merched mor llonydd â chyrff ac mor debyg i'w gilydd â phetaen nhw wedi cael eu cynhyrchu mewn ffatri. Edrychodd eilwaith ar y llun a diflannodd ei hwyneb hi. Nid ei chorff hi oedd ar y dudalen hon. Roedd cyrff y rhain yn denau.

* * *

Llygadodd ei chorff siâp peren yn y drych. Daeth llinellau i grychu ei thalcen heb yn wybod iddi. Rhedodd ei llaw ar hyd y croen a'i deimlo'n feddal, ar ôl y bath, fel tudalennau'r cylchgrawn. Y cylchgrawn. Daeth mwy o linell-au i lenwi siâp crwn ei hwyneb. Teimlodd ei bronnau trionglog a'r croen llyfn oddi tanynt. Diflannodd y sidan wrth i'w llaw daro ar rychau ar y tir llyfn, rhychau anwastad ei phen-ôl a'i choesau. Rhuodd ei bol yn ei dymer a thorri ar dawelwch y 'stafell wely. Daeth gwên fach i'w hwyneb.

* * *

Tynnu'r gorchudd 'Mars' a chnoi'r siocled meddal. Cnoi. Ail-gnoi a thrydydd-gnoi cyn llyncu. Llond ceg o 'Tango' a llond dwrn o gnau. Blas halen ac oren yn fy ngheg. Rhwygo'r pecyn creision. Y creision yn cwympo ar y llawr. Gwasgu'r creision i mewn i'm ceg. Un dyrnaid ar ôl y llall yn llenwi fy ngheg nes braidd teimlo'u blas. Teimlad fel dwrn yn fy ngwddf. Blas cyfog.

* * *

'Wyt ti 'di gwisgo'r sgert 'na 'to?' llais Gwen yn ddierth wrth iddi geisio siarad a ffitio i mewn i'r ffrog fach, ddu roedd hi wedi ei ffansïo, a'i cheg wedi gwasgu yn erbyn y llenni melfed. Pam roedd 'stafelloedd newid mor gyfyng?

'Yr union beth i barti'r chweched,' oedd barn Gwen am y ffrog. Ond doedd Linda ddim yn siŵr.

'Mae'n rhaid i ti fod yn denau i wisgo rhywbeth fel 'na.'

'Wel, rwy' am ei thrio hi ta beth,' atebodd Gwen yn benderfynol.

Ond roedd hi'n ddigon hawdd ar Gwen, ac yn ddigon hawdd ar bob Gwen arall. Roedd y byd yn wahanol i ferched tenau. Doedd corff mwy na maint deg ddim yn mynd i weddu i ffrog dynn fel honno. Fu corff Linda erioed yn llai na maint deuddeg.

'Dere i mi gael gweld 'te.' Tynnodd Gwen y

llenni'n ddiseremoni. Roedd hi wedi tynnu'r ffrog ac yn gwisgo legins piws a thop du, tyn.

'Roedd y ffrog yn rhy fach, o amgylch fy ngwast,' meddai hi cyn i Linda gael cyfle i ofyn. Caeodd ei ffrind ei cheg yn sydyn:

'Mae'r sgert 'na'n hongian amdanat ti.'

Nodiodd Linda ei phen yn araf. Roedd rhywbeth o'i le. Roedd modfeddi rhwng ei botwm bol a thop y sgert.

'Pa faint ydy hi?' gofynnodd Gwen.

'Deuddeg.'

'Mae eisiau maint deg arnat ti 'te.'

Ond fu Linda erioed yn faint deg.

'Af i i nôl un nawr i ti.'

Trodd Linda i wynebu'r drych. Gwelai floneg, dyrnaid ar ddyrnaid o floneg. Yng nghanol prysurdeb y siop clywai ei bol yn rhuo. Gwenodd yn fodlon.

'SGLYFAETH

FE FYDD hi adre' cyn bo hir. Mae'n ddwy funud ar hugain i chwech o'r gloch ac am ddeunaw munud a thrideg eiliad i chwech fe fydda' i'n clywed chwyrnu injan y Fiesta wrth iddi droi pen y car i mewn i'r iard. Bydd yr olwynion yn gwneud sŵn crensian wrth i'w phwysau wasgu'r cerrig mân ac ar ôl clec y drws fe fydda' i'n clywed sŵn tawelwch y cerrig yn taro yn erbyn ei 'sgidiau.

Un funud ar hugain i chwech ac mae fy nghalon i'n curo'n afiach o gyflym. Daw gwrid i gochi fy wyneb o'm gwddf i'm gruddiau a gallaf deimlo'r chwys yn oer yn erbyn fy nghroen cynnes. Ugain munud i chwech ac mae'r eiliadau'n diflannu'n araf fel eiliadau'r cloc mawr yn y neuadd fawr cyn diwedd yr arholiad. Rwy'n chwysu'n anesmwyth wrth weld pob pen wrth y desgiau o'm hamgylch wedi'i blygu a phob pin inc yn symud yn gyflym ar hyd mynydd o ddudalennau.

Fe fydd hi'n dod adre' o'r gwaith yr un pryd bob nos – deunaw munud a thrideg eiliad i chwech – ar wahân i bob nos Lun pan mae'n galw yn Spar i siopa ar ei ffordd adre'. Siopa wythnos i un. Fydd hi fawr o dro.

Saith munud o hyd yw'r daith o'r swyddfa, y tu allan i'r dre', i'r fflat os yw'r golau wrth y groesffordd yn wyrdd. Llai na thrideg eiliad wedyn cyn i mi weld ei chorff bach, eiddil yn dod i'r golwg. Fydd hi byth yn oedi'n hir wrth fynd o'r car i'r fflat. Yn aml, fe fydd hi'n rhedeg, yn enwedig yn oriau tywyll y gaea', gan feddwl nad oes neb yn gweld ei chamau brysiog. Ar ei thraed y bydd hi'n syllu ac nid ar y ffenest lle bydda' i'n ei gwylio o dan gysgod y llenni.

'Chydig funudau'n hwyr yw hi, felly pam rwy'n teimlo fel hyn? Mae'r gwaed yn byrlymu'n eiddgar trwy fy ngwythiennau yn rhan ucha' fy nghorff ond mae fy nghoesau'n teimlo'n wan fel pe bai pob diferyn o waed wedi diflannu. Daw awydd arna' i i eistedd ond rwy'n gwybod na allwn i fod yn llonydd.

Efallai ei bod hi wedi galw i bostio llythyron y swyddfa yn y dre' ar ei ffordd 'nôl o'r gwaith. Mae'r swyddfa bost ryw ddeg llath o'r stad, lle mae'r fflatiau, i gyfeiriad y dre'.

Byddai'n rhaid iddi fod wedi pasio'r stad a cheisio cael lle i barcio ar ochr yr heol. Mae'r dre'n brysur, fel arfer, rhwng pump a saith ac efallai ei bod hi wedi gorfod mynd i'r maes parcio yr ochr draw i'r cloc a cherdded 'nôl i'r swyddfa bost.

Mae'n oer heno a'r rhew yn dechrau ffurfio myrdd o batrymau unigryw ar y ceir islaw. Fydd ei chot biws gotwm ddim yn ddigon i'w hamddiffyn rhag brathiad y gaea' ond 'na'r unig got fydd yn ei chwpwrdd dillad os na fydd Siôn Corn yn dod â gwisg o ddefnydd cynhesach iddi.

Damio'r dyn 'na. Arno ef y bydd y bai os bydd Meinir yn swp o annwyd 'fory. Chaiff hi ddim diolch chwaith am gynnig postio llythyron y dydd. Prin dalu rhent y fflat mae ei chyflog heb adael llawer yn 'chwaneg i dalu biliau trydan, dŵr a chostau car. Petai'r hen gwrci surbwch 'na ddim yn ei hel hi i'r dre' ar lwyth o hanner esgusodion, heb roi ceiniog am y petrol, nid coch fyddai lliw'r inc ar y bil trydan ar y ford.

Rwy'n rhoi hynny o help alla' i iddi. Mae'n cael cymaint o ddŵr ag sydd ei angen arni gennyf. Allwch chi ddim yfed y dŵr yn syth o'r tap yn yr ardal hon ers y ddamwain gemegau yn y gwaith dŵr gerllaw. Hyd yn oed ar ôl ei ferwi mae 'na flas rhyfedd, fel blas metel, arno. Roedd hi'n ymddiheuro heb angen pan gynigiais i'r hidlydd dŵr iddi. Roedd hi'n mynd i brynu hidlydd ei hun dros y penwythnos, meddai hi, ond mae pythefnos ers hynny. Fe fydda' i'n gadael potelaid o ddŵr wrth y drws iddi bob dydd, a nodyn byr yn crogi wrth wddf y botel. Fe fydda' i'n gadael y dŵr heb iddi ofyn. Rwy'n gwybod ei bod hi'n rhy swil i ofyn.

Rwy'n tanio'r llun ar y teledu ond alla' i ddim canolbwyntio ar ystyr y geiriau ac mae hymian y siarad yn crafu ar fy nerfau. Mae'n amser gwneud swper ond does dim awydd bwyd arna' i. Petawn i'n mynd i wneud bwyd byddai'n rhaid i mi adael y ffenest ac efallai y byddai hi'n dod adre' heb yn wybod i mi.

Mae'n byw drws nesa' ac fe fyddwn i'n siŵr o glywed clec y drws yn cau, neu air o reg wrth iddi daro yn erbyn fy meic yn y tywyllwch. Fe allwn i fynd ati wedyn, unwaith fy mod i'n gwybod ei bod hi wedi cyrraedd adre'n saff, i ofyn pam roedd hi mor hwyr a hithau heb fy rhybuddio. Does dim sicrwydd y byddai'n ateb y drws, wrth gwrs. Fe fydda' i'n cnocio am hyd-oedd weithiau heb gael ateb. Dwi ddim yn meddwl ei bod hi'n fy nghlywed i a sŵn y teledu mor uchel bob awr o'r dydd.

Wnaeth hi ddim dweud unrhyw beth neith-iwr i awgrymu ei bod hi am fod yn hwyr. Galw am baned wnes i, paned a sgwrs. Paned fach oedd hi i fod, ar ôl *Coronation Street*, ond arhosais i nes ar ôl newyddion deg o'r gloch. Wnaeth hi ddim ateb y drws i ddechrau. Mae'n rhaid nad oedd hi wedi clywed. Ond roeddwn i'n benderfynol o dorri gair â hi. Bûm yn cnoc-io am amser hir ac fe ddaeth hi yn y diwedd.

Roedd ei chorff bach yn crynu wrth iddi sefyll yn yr oerfel ger y drws. Edrychai fel dol tseina, a phob crych del ar ei hwyneb fel petaen nhw wedi cael eu peintio, eu peintio â llaw. Mae mor eiddil, mor ifanc, rwy' am ei hamddiffyn rhag y byd creulon, rhag cyllyll-eiriau ei phennaeth ddiawl, rhag biliau coch a dŵr llygredig.

Mae mor hawdd siarad â hi a gwylio'r wên fach fyrlymus ar ei gwefusau. Ond doedd hi ddim yn gwenu llawer neithiwr. Roedd ei bysedd hir yn chwarae'n nerfus gyda'r peli fflwff ar ei sgert ac un troed yn cicio'r llall yn y man lle mae'r lliw wedi treulio ar y sawdl. Gofynnais iddi a oedd rhywbeth yn ei phoeni ond chefais i ddim ateb ac fe ddychrynodd hi braidd pan awgrymais efallai y byddai cwtsh yn help. Mae bai arni am beidio â dweud dim wrtha' i. Mae'n gwybod fy mod i'n poeni.

Mae pedwar mis wedi mynd heibio bellach ers i Meinir symud i mewn i fflat 2, uwchben fy fflat i yn Rhodfa'r Lloer. Ers hynny dyw hi erioed wedi bod yn hwyr o'r gwaith, ddim yn hwyr iawn ta beth. Roedd hi rhyw ddeg munud yn hwyr fis diwetha' pan aeth hi i olchi ei char yn y garej gerllaw. Doedd hi ddim wedi cael amser i'w olchi dros y penwythnos, meddai hi, ac roedd yn gas gweld baw y draffordd arno yng ngolau dydd. Ond dyw hi erioed wedi bod mor hwyr â hyn.

Rwy'n cofio'r tro cynta' i'r ddau ohonom gyf-arfod. Roeddwn i'n clymu'r gadwyn ddiogel-wch am olwyn y beic ar ôl cyrraedd adre' o'r sifft brynhawn. Ac roedd hithau'n ceisio hel bagiau, bocsys, llyfrau a darnau bach o ddodrefn o'r car i'r fflat heb daro rhywbeth yn erbyn y wal.

Dwi ddim yn gwneud rhyw lawer â'r pâr ifanc yn fflat 3 ers i'r dyn fy nghyhuddo o sbio ar ei gariad, pan allai unrhyw ffŵl weld mai torri'r gwair yn y cefn oeddwn i, ac felly rwy'n falch iawn o gwmni Meinir. Mae hi 'di gwneud gradd yn Saesneg ac yn seinfwrdd i'm syniadau at y traethawd Gradd Prifysgol Agored rwy'n astudio ar ei gyfer rhwng fy sifftiau nyrsio.

Ceisiais sbarduno ei diddordeb mewn ffilmiau Ffrengig un noson. Ond roedd yn amlwg mai llyfrau oedd ei maes. Doedd hi ddim yn fodlon edrych ar y ffilm, yn enwedig un olygfa, lle roedd y Marquis yn dwyn gwyryfdod nith i'w ffrind. Roeddwn i'n ysu i weld gwên ar ei hwyneb. Roedd ei naïfrwydd yn dod â gwên lydan i'm hwyneb i. Ond doedd hi ddim am wenu. Eisteddai ar flaen ei chadair a gwrthododd fynd ymhellach na'r gegin pan gynigiais ddangos iddi sut roedd darllen y metr.

Mae'n ferch serchog tu hwnt, er braidd yn swil efallai. Fe fydd hi'n ei chadw'i hun iddi'i hun fel arfer. Anaeddfedrwydd yw'r rheswm dros ei swildod, rwy'n siŵr. Rwy' flynyddoedd yn hŷn na hi, wrth gwrs, ac yn llawer mwy aeddfed.

Rwy'n cofio'n iawn yr unigrwydd a deimlais pan ddechreuais i weithio am y tro cynta'. Dyna pam rwy'n galw i'w gweld mor aml. Dyw hi byth yn galw i'm gweld i. Rwy' wedi dotio at y swildod 'ma.

Mae'n hwyr a minnau wedi ymdrechu i gael cawod ar ôl y sifft. Fu'r hylif corff a gwallt gwynt trofannol ddim chwinciad yn gwared ar oglau chwys a chemegau'r prynhawn. Gwisgais bâr o jîns a'm siwmper wlân, newydd. Dillad cyfforddus, ond yn gweddu i chwaeth merch ifanc hefyd. Chwarter i chwech ac mae effeith-iau'r hylif ceg blas mint wedi hen ddiflannu. Mae fy ngheg i'n teimlo'n sych grimp.

Deg munud i chwech. Deg . . . munud . . . i . . . chwech. Naw munud a hanner nawr, a dyw hi ddim wedi dod adre' o hyd. Dwi ddim wedi symud o'r ffenest ers dros ddeg munud, a dyw hi ddim wedi dod adre' byth. Ble mae hi? Rwy'n gwneud pob dim drosti ac mae hi'n gwneud hyn i mi.

Dwi ddim yn mynd i sefyll fan hyn, rwy'n penderfynu, yn hel meddyliau ac yn ofni'r gwaetha'. Rwy' am fynd allan i chwilio amdani. Ble mae'r tors 'na? Efallai ei bod hi 'di cael damwain. Mae'n rhaid i mi ddod o hyd iddi. Fyddai hi ddim yn hwyr fel hyn heb fy rhyb-uddio. Does dim hawl ganddi i fod yn hwyr heb fy rhybuddio. Damwain . . . Fe fydd yn rhyddhad gweld ei bod hi 'di cael damwain.

Mae'r cerrig mân yn tasgu i bob cyfeiriad wrth i mi wasgu fy 'sgidiau cerdded yn galed yn erbyn y ddaear. Rwy'n dod at geg y clos a syllu i lawr i gyfeiriad yr heol fawr. Mae pob man yn dawel a'r goleuni yn ffenestri'r tai a goleuni 'nhors yw'r unig arwyddion bod 'na fywyd o hyd yn y cyffiniau 'ma.

Yn y gwyll, rwy'n sobri. Ble mae chwilio am un ferch fach mewn tre' fawr? Ble mae dechrau? Aros yn yr unlle fyddai orau. Rwy'n troi 'nôl ar fy sodlau at y fflat ac wrth i mi esgyn y grisiau cerrig y tu allan rwy'n clywed sŵn yn dod o'r fflat uwchben. Mae hi adre'. Rwy' am weiddi, ond rwy'n fud o dan y blanced o ryddhad sy'n fy nghofleidio. Mae'n rhaid ei bod hi wedi dychwelyd yn ystod yr ychydig eiliadau y bues i'n chwilio am y tors. Roedd yr hen beth wedi syrthio i lawr y tu ôl i gefn y peiriant golchi pan darodd y fasged olchi yn ei erbyn yr wythnos ddiwetha'. Roedd hi'n anodd ei godi am fod y bwlch rhwng y wal a'r peiriant mor gyfyng a'm breichiau i mor drwchus.

Rwy'n cnocio'r drws. Mae'n anodd fy rhwystro fy hun rhag taro fy nyrnau'n ddig yn ei erbyn. Dim ateb. Rwy'n cnocio eto, yn uwch y tro hwn. Dim. Mae 'na sŵn chwyrlïo yn fy nghlustiau fel petaen nhw'n llawn gwlân cotwm neu fel pe bai awyren yn hedfan uwch fy mhen. Mae fy synhwyrau i gyd yn fyglyd. Dwi ddim yn gallu clywed na chanolbwyntio'n iawn. Mae'r tors yn taro'n erbyn fy llaw, a phob ergyd yn adleisio ergydion fy nghalon. Rwy'n teimlo'n ddig. Rwy'n casáu'r drws. Rwy'n taro gwydr y drws â'r tors ac mae'r gwydr yn torri. Rwy'n gwthio fy llaw rhwng dannedd miniog y gwydr ac yn agor y drws.

Mae'r fflat yn dywyll ac rwy'n esgyn y grisiau yn y düwch. Mae'n rhaid cerdded yn dawel. Mae fy nghalon yn dal i weiddi ac rwy'n ym-wybodol fod fy llaw ar dân lle mae'r tors yn dal i fwrw yn erbyn y croen. Rwy'n agor drws y lolfa. Dim golau. Mae'r rhyddhad yn fy nghof-leidio eilwaith. Doedd hi ddim wedi ateb y drws oherwydd nad oedd hi ddim 'na, nid oherwydd nad oedd hi ddim am fy ngweld.

Rwy'n tanio'r swits ac mae goleuni'n llanw pob twll a chornel. Mae melynrwydd y golau'n gynnes ond rwy'n teimlo'n annifyr. Mae rhywbeth o'i le. Rwy'n edrych o 'nghwmpas. Mae'r bil coch wedi mynd oddi ar y ford, a'r teledu o'r cornel, y llyfrau oddi ar y silff a'r clustogau pinc oddi ar y soffa flodeuog binc a gwyrdd. Mae'r lle'n wag. Dyw hi ddim yn dod 'nôl.

Mwy o lên cyfoes o'r Lolfa!

Llais y Llosgwr

DAFYDD ANDREWS

Pan losgir tŷ haf ar gyrion ei bentref genedigol, mae Alun Ifans, na fu erioed yn ŵr o argyhoeddiad cryf, yn penderfynu ymchwilio i'r achos er mwyn ysgrifennu erthygl ar gyfer *Y Cymydog*, papur bro'r ardal. Ond mae e'n derbyn galwadau ffôn bygythiol gan rywun sy'n gwrthwynebu ei gynlluniau. Wrth geisio darganfod cymhelliad y Llais ar y ffôn, mae Alun yn dysgu fod deunydd ffrwydrol yn ei gymeriad ef ei hun hefyd.

0 86243 318 5

Pris £5.95

Noson yr Heliwr

LYN EBENEZER

Nofel iasoer wreiddiol wedi ei lleoli mewn tref prifysgol ar arfordir gorllewin Cymru. Bydd yn gafael ynoch o'r dudalen gyntaf. Mwynhewch hi—*os* gallwch chi. . .

0 86243 317 7

Pris £5.50

Titrwm

ANGHARAD TOMOS

Nofel anarferol sy'n llawn dirgelwch. Clymir y digwyddiadau at ei gilydd yn un gadwyn dyngedfennol sy'n arwain at anocheledd y drasiedi ar y diwedd. Adroddir y cyfan mewn iaith llawn barddoniaeth sy'n cyfareddu'r darllenydd.

0 86243 324 X

Pris £4.95

Samhain

ANDRAS MILLWARD

Nofel ffantasi i'r arddegau a'i thema ganolog yw'r frwydr oesol rhwng da a drwg. Y llinyn sy'n cysylltu'r brwydrau niferus yw ymgais Elai i ddod o hyd i'w wreiddiau a dargelir y gwirionedd iddo yn ei frwydr olaf yn erbyn Samhain.

0 86243 319 3

Pris £3.95

Cyw Haul

TWM MIALL

Argraffiad newydd o un o'n nofelau mwyaf poblogaidd. Breuddwyd Bleddyn yw rhyddid personol: un anodd ei gwireddu mewn pentref gwledig ar ddechrau'r saithdegau . . .

0 86243 169 7

Pris £4.95

Saith Pechod Marwol

MIHANGEL MORGAN

Casgliad o straeon byrion anghyffredin, gafaelgar, darllenadwy. Mae'r awdur
yn troi ein byd cyffyrddus,confensiynol wyneb i waered ac yn peri inni
ailystyried natur realiti a'r gwerthoedd sy'n sail i'n bywydau.

0 86243 304 5

Pris £5.95

Cardinal Ceridwen

MARCEL WILLIAMS

Sut y daeth brodor o Gwmtwrch i fod yn Tysul y Cyntaf, pab a phennaeth
Eglwys Rufain? Mae'r ateb yn y byd gwallgof, digrif, cnawdol-ysbrydol a
bwriadol sioclyd a ddisgrifir yn y nofel hon. Ynddi cyfunir stori afaelgar,
dychan ac adloniant pur.

0 86243 303 7

Pris £4.95

DIM OND detholiad bach o rai llyfrau diweddar a welir yma. Mae gennym raglen lawn a chyffrous o nofelau a storïau newydd wrth gefn: gwyliwch y wasg am fanylion. Am restr gyflawn o'n holl gyhoeddiadau cyfredol, mynnwch gopi o'n Catalog newydd, sgleiniog, lliw llawn!

TALYBONT
CEREDIGION
SY24 5HE
ffôn (0970) 832 304
ffacs 832 782